JN104149

小説

『アキアカネ』若き農家人へ

間山 三郎

筑波書房

目次

1章

埼東酪農業協同組合、通称埼東酪農がある埼玉県熊谷市近辺は、日本で最も暑いところと言われている。数年前には四十・九度という日本での最高記録を出したことがある。なぜ暑くなるかという説には、ヒートアイランド現象で東京あたりの温まった空気が流れてくるというものと、フェーン現象によるものという説があるが、どちらにしてもこの地域で生きていくためには、ヒトも牛も体を暑さに順応させるしかないのだ。

埼東酪農の組合長である広木は、三十代から伸ばしている銀色に光る顎鬚に汗がしたたり落ちてくるのを我慢しながら、平成二十八年度、第四十六回目の総会資料の原稿を書いていた。

「畜産統計では、平成二十七年二月一日現在、全国の酪農家戸数は前年に対して九百戸減少の一万七千七百戸、飼養頭数も同二万四千頭減少の百三十七万頭で、減少傾向は止まりません。幸い当組合においては、過去三年間に廃業した組合員が一人として無かったことに安堵しています」

ここまで書いたところへ、事務員の佐々木が組合長室へ入ってきた。

「組合長、斎藤さんがお願いごとがあるそうで、来ていますよ。組合長でないとだめなのだそうです」

「学君が来ているのかい。なんだろう。ここへ通してください」

斎藤学は、この地区で酪農業を営む二代目である。半袖の白い夏用のオーバーオールを着て、首にはおろしたばかりと思われる汗取り用の青いタオルを巻いていた。

「こんちは。暑いねこの部屋。エアコン効いてないの」

「そうなんだよ、この部屋は扇風機さ。こんな隙間だらけの部屋には、エアコンはもったいないと思ってね。それより話があるとか？　まあ、座ってください。親父さんの腰の具合は良くなりましたか」

「なんとか動けるようになりました。先日はお世話に成りました」

佐々木が牛乳のパックを持ってきた。埼東酪農のプラントで作っている成分無調整、二百ミリ入りだ。

「すいません」と、学は受け取り、テーブルの上に置いた。

「酪農家さんに、牛乳を出すのも変だが、これしかないのでね」

「いや、味わっていただきますよ。自分たちが搾った乳だからね。話と言うのはですね、俺は、今年で三十三歳になります。恥ずかしい話なのですが、牛飼いを初めて十年。女性との出会いがないんですよ。毎日牛の世話をして、頭の中は牛のことばかりで。夕べいつもの仲間立ちと話していたら、若いのもいるんですがみんな独身なんですよね。どうしてなんだろうと言うことになって、話していたら結局のところ、出会いがないということで一致したんです。そこでお願いなのですけれど、集団見合いみたいな、今で言うなら婚活というらしいのですが、段取りしてくれませんか。組合長に頼むのが一番だという結論になったんです。お願いできますか」

斎藤学は、頭を深く下げている。

広木は黙って聞いていたが、時代は変わったなと思った。彼は七十二歳になる。自分は三十三歳のころ、何をしていただろうかと考えてみると、すでに結婚していて、長男は生まれていたはずで、もちろんお見合いではなく、自分で見つけてきた女性とだ。

「それはいいことだと思うけどね、独身の男性は何人ぐらい居るのかな」

「俺の仲間は、五人です。牛飼いばかりでないのですけれどね。組合の中で数えると何人ぐらいになるのかな。牛飼いばかりでなくこの地域のことも考えてもらって、何とかお願いします」

「酪農家でない人も入れるとなると、私の考えだけでは即答はできないな。農協さんも仲間に入れないとだめだな」

広木は、顎鬚をしごいていた。これは彼の癖で、考え事をするとき、左手が銀色に光る顎鬚を触っている。

「そうですよね。ネギを栽培しているもの、イチゴを作っている者もいます。この地区の農業している跡取りのことを考えてもらって組合長の顔の広さでお願いしたい」

「酪農ばかりでなく農業を守るためには、後継者を作らなければ、そして後継者も幸せにならないとね。すぐにとはいかないけれど、やってみる価値はあるな。学君、うちの佐々木君と組んで実行委員になって、計画してくれないか。バックアップはもちろん、資金も出せるように考えるから」

「実行委員は二人だけでなく、仲間も入れていいですよね」

「いいよ。組合のイベントとしてやろう。農協さんにも協力を頼んでみるよ」

「さすが組合長。話が早いな」

「褒められても、牛乳ぐらいしか出ないよ。佐々木君、ここへ呼ぶから打ち合わせしていくといいよ」

広木は立ち上がると、部屋を出て佐々木のところへ行った。


佐々木紀子、二十六歳。短大を卒業後、この組合に入り事務職として働いている。

「佐々木君、ちょっと来てくれるか」

「なんだかイヤな予感」

佐々木はぶつぶつ言いながら立った。立つとかなり身長が高く、目立つ存在だ。

「今ね、学君から婚活をしてくれないかと頼まれたんだがね、それを引き受けようと思っているのですが、そこで佐々木君も加わって学君たちと、一緒に婚活を計画してほしいのですよ。若い人たちの自由な発想で。実行委員をやってもらえないだろうかね。もちろん参加してもらっても結構なんだがね。あなたがいた方が話は進めやすいと思うので」

　佐々木は立って、広木の話を聞いていた。

「それは仕事ですよね。今、事務は私一人なのですけど。餌の伝票から乳代の精算まで、全部私一人がやっているのですよ。無理ですよね」

　少しつっけどんな返事をした。それを聞いていた学は、

「大変だね」と、佐々木の味方になった。

「佐々木君が一生懸命仕事をしてくれているのは、わかっていますよ。月末に夜も遅くまで残って仕事しているのも見ています。でもね、婚活を考えられるのは、埼東酪農のなかでは、あなたの外にはいないと思うな。他はおじさんとおばさんばかりだからね」

　広木は、彼女を説得する言葉を探していた。

「佐々木さん、面倒なことは俺たちがやるから、ぜひ一緒にお願いしますよ」と、学が頭を下げた。

「まあ、仕事ですから、組合長直々の命令なので、やるしかないのですよね」

「ありがとう。よろしく頼みますよ。それから、先ほどの件だけどね、パートさん一人雇いますか。佐々木君から指摘されたのもあるけれどね、前々から事務関係が不足していることは、私も感じていたからね。総務の山口君にパートさん見つけるように頼むから」

「ありがとうございます。なんでも言ってみるものですね」

佐々木は、あっさりと広木がパートの募集を言いだしてくれたのでホッとしていた。

学は家に帰る途中で、広木との話を四人の仲間たちに電話で伝えた。今夜九時に、いつもの飲み屋に集まってくれるよう声をかけたのだ。学の家では、夏の間は、暑さ対策として夕方の搾乳時間を一時間ほど遅らしている。搾乳が終わり、お風呂に入ったりしていると、どうしても九時ごろになってしまう。いつも牛飼いの時間に合わせてもらうのだった。

学が家に着くと、母親の喜代美が牛舎で一人、餌をくれだしていた。父親の義男は一週間ほど前にぎっくり腰をやってしまい、やっと歩けるようになったばかりで、仕事ができるような状態ではなかった。組合長の広木はそのことを聞きつけると、学の家に飛んできて喜代美や学が負担にならないよう相談にのった。埼東酪農は十五軒の酪農家が集まり、総数五百十頭の牛を飼養している。二十年ほど前から見られるようになったメガファームと呼ばれる牧場では、五百頭以上の搾乳牛を飼養しており、埼東酪農はメガファーム一戸分でしかないのだ。彼にとって組合員は家族のようなもので、その家族を守るのが自分の仕事だと考えていた。

学は作業着に着替えると、牛舎へ行った。二十頭ほどの牛が通路を挟んで尻を向けて並んでいる。築二十五年の牛舎は、その当時の流行で、ブリーダーたちが牛を大きく見せるために、天井が低く出来ていた。壁はなく風が流れていくような造りなのだが、だいぶガタがきている。学は結婚したら、牛舎を四十頭規模に拡大するために建て直すつもりでいる。

午後の仕事は夕方四時から餌くれを始め、子牛の哺育も済ませてから搾乳に入る。搾乳が一時間ほどで終わると、喜代美は台所へ向かい、夕飯の準備をする。学は牛舎に残り、雑事を片付けて行く。

発情のきている牛がいれば、肩まで入るビニールの直腸検査用手袋に腕を通して、牛の糞をかき出し、卵胞の状態を見る。学は授精師の免許を持っていた。知り合いの酪農家に頼まれれば、液体窒素の入ったボンベを車に乗せて、授精に向かう。直検してみて卵胞の状態が悪ければ、獣医を呼んでもらう。今の季節は、牛の体温は四十度近くまで上昇しているので、手を入れていると汗がふきだしてくるのだ。

大きな組合なら獣医を雇い、授精師も置いているのだろうが、埼東酪農は、開業している獣医師に頼るほかはなかった。

学がいつもより早めに仕事を切り上げ、シャワーを浴びて出かける準備をしているところへ、小学校からの同級生、吉田博が迎えに来た。

「今晩は。学いるかい」と声をかけながら茶の間へ上がりこんだ。

「おじさん、腰の具合どうですか」と、父の義男に声をかける。

「もう一息だな。イチゴ作りはハウスの中で暑くて大変だろう」

「暑いなんてもんじゃないですよね。遮光ネットを張って、サイドのシート全開にして扇風機を回していたって、四十度をはるかに超えていますね。サウナの中にいるようなものですよ。だからなるべく朝早くと夕方に仕事をしているの。じゃないと、体がもたないですから」

吉田の家は、十年ほど前に母親を亡くしている。父親と九十歳に近い元気のよい祖母、そして嫁いだ先から小学生の娘を連れて離婚し戻ってきた姉がいる。


博の家のイチゴ栽培は、二十アールの畑に六棟のビニールハウスを建て、父親と二人で苗を作るところから始まる。二年ほど前に半分にあたる三棟を、農協から金を借りて、昔ながらの土耕栽培から立ったまま仕事ができる、今流行りの高設栽培に改造していた。イチゴは、苗づくりと収穫の時期がかさなりあう時期があるので、一年を通して仕事はある。夏場のこの時期は、親苗から子苗を取る育苗の仕事に、毎日追われている。苗の育ち具合を見ながらいつもの年であると、九月の末頃から苗の植え付けが始まる予定だ。

イチゴはクリスマスまでは価格が良いので、農協へ出荷するのだが、一月五日のイチゴの日から五月の連休の終わりまでは、直接ハウスにお客を入れて、イチゴ狩りを提供している。毎週土日は、半日で終わってしまうほど賑わっている。姉の敏子は、平日は近くのスーパーでレジ打ちの仕事をしているが、土日はイチゴ狩りの手伝いを、六年生になる真理と一緒にしていた。

「いつも悪いな。飯は」と学がきくと、

「軽く食べてきたよ」と博が答える。

「博君、食べていくかい。大したおかずないけどさ」

台所から喜代美が声をかける。

「いや、今夜は良いですよ。もう行きますので。いつもお世話になってばかりで」

「それじゃ、行くかい。オフクロ、出かけてくるよ」

台所にいる喜代美に声をかけると、二人は昼間の暑さに比べて、利根川を流れる水の音が小さく聞こえ、風が出てきて心地よい夜の中へ出ていった。

学の家は、熊谷の繁華街から五キロほど離れた田園地帯にある。深谷市と境にあるので、周囲のほとんどの畑ではネギが作られている。ネギの産地としては、全国的に有名なところだ。酪農家も学の家の他に、広木組合長の家が利根川沿いに二キロほど北へ行ったところにあった。

博が運転してきた車に学は乗った。

「博、悪いけどさ、組合で働いている佐々木さんも誘ったんだ。迎えに行く約束しておいた。ここから十分ぐらいなんだけど、回ってくれるかい」

「いいけどさ。なんでまた誘ったの」

「それが組合長様からの命令ですよ。婚活の実行委員に、佐々木さんも指名されたのよ」

「そうだったんだ。それで今日は顔を合わせるというわけか。いつもながら、やること早いね、学は」

「今夜、暇かいと聞いたら、あいているというからさ。誘ったら、友だちと一緒でもいいですか

と言うから、女性の友だちなら、大歓迎しますよと言ったんだ。そしたらさ、もちろん女性です

よと答えるからね。組合の近くにあるセブンで待っていると、さっきメールが来たんだ」

「了解」

博は車のアクセルを踏み込んだ。博は、アルコールを受け付けない体質だった。だから、学と

どこかへ車で行くときには、いつも運転手になるのだ。

中学生のときに、学の家に泊まりに来て、夜中に学がワインを持ってきて飲むことになった。

博にとって初めてのアルコールは、一口飲んだだけなのだが、少し時がたつと、体が震えだして

きて、吐き気、目まい、おまけに呼吸が荒くなってきたのだ。

「博、大丈夫か。博」

体をゆすっても、返事ができなくなった。意識が遠のいていったようだ。学は焦った。何をし

てよいかわからなかった。急性アルコール中毒、死ぬなよ。学が博の口に手の平をあてると、息

をしているのはわかった。生きている。その後三十分ほどで意識が戻ってきた。そのとき以来、

学は博に酒を勧めなくなった。

利根川の堤防に沿った道を北に走り、最初の信号を左折し二つの集落を抜けると、埼東酪農の

事務所まで、一本道で行くことができる。事務所の手前二百メートルのところに、コンビニのセ

ブンはあった。学が「着きましたよ」とメールを打つと、すぐにセブンのドアが開いて、佐々木

と背の低い女子が歩いてきた。身長が低いと見えたが、佐々木が高すぎるのかもしれないと学は

思いなおした。

簡単に挨拶だけ済ませると、女子二人を乗せて、車は目的地の大衆酒場に着いた。駐車場に車を止めて、中に入ると十人ほど座れる個室で、三人が座ってビールを飲んでいた。

「先にやっているよ」と声をかけたのが、養田で、この仲間の中で一番の年上だ。三人は、二人の女性が入ってきたので、びっくりしている。無理もない。三人は、学と博の二人だけが来るものと思っていたのだから。

店員が来て一通り注文を聞いてもどると、飲み物が運ばれてくる前に、

「みんな驚いていると思いますので、自己紹介から始めようか。まずは男性群から、二人に分かるようにね」と、学が口火を切った。

「そうだね。年の順で行くか。若い順で」と、言ったのは博だ。

周りを見回して、少年の面影が残る洋一が立ち上がった。

「まずは俺からだね。名前は加藤洋一です。年は二十五歳。牛飼いです。サラリーマンを三年ほどしていましたが理由が合って辞めました。半年ほどバイト生活をしていたのですが、親たちのことを考えて家に入りました。ただ今牛飼いの勉強中です。よろしく」

「次は俺かな。佐々木さんはよく知っていると思いますが、斎藤学です。三十三歳。酪農家です。趣味というかサッカーが好きでチームに入って、試合もしています」

「それだけかい」と声をかけたのは、養田だ。

「斎藤さん、サッカーやっていたなんて知りませんでした」

佐々木が小声で言った。

なぜか手を挙げて立ち上がって、博が話を始めた。

「学と小学校からの同級生の、吉田博です。紅ほっぺを中心にして章姫、とちおとめ、それに最近群馬で作られた品種でヤヨイヒメというイチゴを栽培しています。俺の作るイチゴは、農薬を使う量をできる限り減らして栽培しています。人の口に入るものだから、安全なもの、そしてとにかく甘いのですよ。この時期は、苗作りに毎日追われています。中学と高校の部活は、野球をしていました。今は学と違い、一人で壁に向かってキャッチボールぐらいしかしていませんが」

「博の作るイチゴは、本当に甘かったな。うちの母親なんて、博のイチゴを食べてから、スーパーのイチゴなんか買わなくなったもんね。おれに買いに行かせるの。博さんのハウスに」と言ったのは、養田だった。


婚活のメンバーの自己紹介が続いているところへ、店員が飲み物を運んできたので、

「ここで乾杯しようか」と、博が続けて言った。

「仁さん、乾杯の音頭お願いします」と学がふると、

「はいはい、自己紹介の途中でありますが、わたくし養田仁が乾杯の音頭を取らせていただきま

す。いいですか、グラスを持ちましたか。では、新しい仲間を迎えて乾杯」

少し間があいて、背が高くひょろっとした青年が立ち上がった。

「真田信一、三十五歳です。ネギを二ヘクタール作っています。趣味はカラオケと走ることかな。中学、高校と陸上部で、中距離走をしていました。よろしく」

「真田信一君、大事なこと言い忘れていないかい。信一さんのあだ名は、ネギ坊主です。中学生の時から言われていました。はい、それではわたくし、この中では一番のおじさんです。姓は養田、名はにんべにんに二と書いてヒトシです。年は幾つだったか忘れてしまいましたが、ひと呼んでフーテンの仁です」

「仁さん、古いな。それ古すぎだね」とからかったのは、洋一。

少し笑いが起きると、養田は、右手を大きく突き上げた。

「何ですか。それは」と、また、洋一が聞くと、

「ガッツポーズです。お待たせいたしました。女性軍どうぞ」

仁は、普段でも陽気なのだが、酒が入ると、話が止まらなくなるのだ。今のところ、まだ大丈夫のようだ。

「佐々木さんからどうぞ」と、学が仕切った。

「はい、佐々木紀子です。埼東酪農業協同組合で働いています。二十六歳です。身長は一七〇センチあります。高校までバレーボールをしていました。よろしくお願いします」

「養田雅子です。佐々木さんとは中学，高校と一緒で、今はフリーターしています。よろしくお願いします」

「あの、養田さんは、仁さんとは親戚か何かですか」と聞いたのは博だった。

「たぶん関係ないと思いますよ」

「住所はどこですか」仁が聞くと、

「柿沼です」

「柿沼には、親戚はいないな」

「婚活のリハーサルは、これで終わりですね」と、学は言い、

「今日の昼間に組合長の広木さんと会って、話を聞いてもらった。婚活、組合長が言うには、俺たちが計画してやれということなんだな。資金は援助するから。それでここにいるメンバーが実行委員ということで集まってもらいました。まずは委員長ぐらい決めておかないとな」

「それは言い出しっぺの学しかいないよな」

仁が一言いうと、みんなは同意した。

「それと佐々木さんは、組合長とのパイプ役だな。ここで決まったことを広木さんに報告してもらい、判断してもらう。それをまた俺たちにフィードバックしてもらって、次へ進める」

学が淡々と自分の考えを述べた。頼んでいた料理が次々に運ばれてきた。

「学が実行委員長に賛成の人は拍手」と、音頭を取ったのは博だった。拍手があった。

「はい、それでは斎藤学君が委員長に決まりました。後はよろしく頼むよ。さあ食べようながら話すべ」

仁は言い終わると、箸をもって料理に手を出した。

「そうだね、食べよう。そのうち学から、方針演説があるでしょうから」

博が言うと、みんな料理を食べ始めた。

「佐々木さん、酒飲めるの。いいですね」

一番若い洋一が、ウーロン茶を飲みながら、物欲しそうな眼をして、佐々木に声をかけた。

「あれ、洋一君、ウーロン茶飲んでいるの」と仁が声をかけると、

「車で来たもんですから」

「洋一、帰り乗っけていくよ。飲みなさいよ」博が勧めた。

「ほんじゃ、お言葉に甘えて焼酎貰うかな。おねえーさーん」

アルコールが回りだし、声が少しずつ大きくなっていく。学も食べるのに、夢中になっていた。

「生ビールの中、お替りする人、手を上げて。ハイ、三つね」

「焼き鳥頼んでくれる。塩でね」誰かが言っている。

「養田さんと佐々木さん、食べたいものがあったら言ってね。お前ら、レディに気を使わないから、彼女出来ねえんだよな。そう言う俺もだがな」と、仁が仕切っている。

「雅子、サラダ食べる、それからアタリメでいいかな」

「紀子、おしんこの盛り合わせも頼んで」

「そうだ、雅子は漬物が好きだったね」

盛り上がってきたところで、学が口火を切った。

「ちょっと聞いてくれや。俺が委員長ということで、やらしてもらいます。俺はこの婚活はぜひ成功させたい。成功するというのは、ここにいる誰かは、来年の今頃、嫁さんか旦那をもらっているということだね。そのつもりで気合入れてくれやな。そいでだ、今日のところは、いつやるかだけは決めたい。そこのところ意見のある人は、言ってくれ」

学が話し終わると、先ほどまで好き勝手に話していた集団が、集中しだした。

「準備期間、最低でも開催するまでには、三ケ月は必要だろうね」

と、博が言うと、

「もうすこし取った方がいいよな」と言ったのは仁で、

「年内にはやりたいですね」と洋一が言った。

一人一人が、思っていることを言った。学は
「佐々木さんと養田さんからも出たけれど、十二月の初めということでいいと思う。曜日は土曜日。それでいいかな。今から四ケ月後ということで」

「異議なし」

「もう十一時になるから、今夜はこれでおひらきとしますか。佐々木さん、このこと、広木組合

長に報告お願いしますね」と、学。

「わかりました。組合長からの意見は斎藤さんへ電話を入れます」

博が請求書を貰って帰ってくると、携帯で計算を始めた。

「今夜の会費は、佐々木さんと養田さんは初めてなのでのぞくと、一人三千百円です」

「ごちそうさまです」

紀子と雅子は、みんなに聞こえる声でお礼を言った。

「養田さんも、実行委員頼みますね。佐々木さん一人ではやりづらいからね」と、学がお願いした。

「何にもできないかもしれませんが、わかりました。よろしくお願いします」

博がお金を支払い終わるのを待って、お店の外に出た。

「佐々木さんと養田さん、送っていくから車に乗って。洋一、乗っていくかい」

博が声をかけると、仁、信一と洋一は、連れ立って歩き出していた。三人は振り向いて大きく手を振って行ってしまった。

「もう一軒、どこかへ行くんだ。若いね」

学が博にささやいた。車がセブンに止まり二人を降ろし、車の中から二人を見送っていると、

「佐々木さん、いいね」と博が言った。

「俺もそう思った。博、抜けがけはなしな」

「学のほうこそな。正々堂々やろうな」

「婚活で決めようぜ」

「男の約束な」

二人は、小学生時代に戻ったように、指切りをしていた。


朝五時、夏の空気を感じながら広木はいつものように牛舎へ入ると、次男の浩二が搾乳の準備をしていた。

「おはよう。祐一はどうした」

「兄貴は畑の耕耘を頼まれていて、暑くならないうち行くからと、さっき顔を出していったよ。まだ、トラクターのところにいると思うよ」

広木と牛の付き合いはもう半世紀になる。父親が二頭の牛を飼い搾乳を始めたのは、広木が中学生のときだった。父親の代は二十頭に満たなかったが、広木の代になると、五十頭飼養できる牛舎を建て、その隣には牛のためのパドック、運動場をつくった。

「牛だって、繋がれたまんまじゃ飽きてしまうからね」と笑って、広木は言う。

牛の改良に興味を持ち出して、共進会に牛を出しはじめると埼玉県ではいつもトップクラスにいた。負けず嫌いなところがあり、二番手になると審査員を睨み付けていることがあった。若いころの鬚は生意気だと言われたが、年を取るにつれて鬚にも白いものが混じりだすと、話し方も穏やかになり、鬚はそれなりの風格を持ってきた。

利根川の河川敷の土地を借りて牧草の種をまき利用しだすと、良質の乾草が取れるようになり、牛の乳量がどんどん伸びだし、九〇〇〇キロに届こうとしている。

今は長男の祐一と次男の浩二も結婚して、同じ敷地内に各々家を建てて住んでいる。祐一は畑作を中心に仕事をし、酪農のほうは浩二が責任者になっている。広木は組合長の仕事だけをしていればよいのだが、根っからの牛好きで、体が牛舎に向かってしまうのだ。

浩二の嫁の皐月が来ると、搾乳が始まる。五十頭の牛を六台のミルカーを使い、はじから搾っていく。搾乳と餌くれが終わるのは、八時半ごろだ。

母屋に戻ると、妻の光江が用意してくれている朝食を食べ、シャワーを浴びて、糊のきいた白いワイシャツに少し派手目なネクタイをつけると、組合長の顔になる。

国産車ではハイクラスの白の自家用車に乗り、十時前には組合長の椅子に座る。

扇風機を回し、机の上の書類に目を通す。昨日の原乳の集荷量とパック詰めにされた牛乳の生産量。それから出荷された量と、冷蔵庫に保管されている量。検査室から回されてきた、原乳の乳質と抗生物質の検査結果など、見なければいけない書類が毎日あるのだ。

夏は牛の粗飼料の食いが落ちる。ルーメン（第一胃）の中では微生物により繊維が分解されるが、そのときに多量の熱が発生する。繊維分がミルクの乳脂肪に変わるのだが、採食することで熱を発生するから、牛は乾草を食いたがらない。特に質の悪い乾草は、牛はよくわかっていて食べようとしない。そういうことなので、夏はどうしたって乳脂肪の量が下がる。取引基準とされている三・五パーセントを維持するのが難しい。数字を見ているとどの酪農家も、ぎりぎりで踏ん張っているのが良くわかる。乳房炎にも気を付けないと体細胞数が上がり、ミルカーやバルククーラーなどの洗いに問題があると細菌数が跳ね上がってくる。夏はすべてにおいて油断できないのだ。

酪農家の人と牛たちが一生懸命生産する原乳だから、すべて売りさばかなければいけない。夏休みは学校給食がないので、スーパーなどに販売する量が増える。東京のデパートなどからも、営業マンが買いに来るのだが、安くたたかれるのは目に見えている。広木は左側の箱から書類を取り出し、読み終わると印鑑を押し、右側の箱に入れていく。毎日同じことを繰り返し、問題がないことがわかるとホッとするのだ。最後の一枚が終わるころ、佐々木がインスタントコーヒーを入れて運んで来てくれる。

「いつも悪いね。実にいいタイミングだよ。ありがとう」

広木は砂糖もクリームもはいらない薄めのコーヒーを飲む。まだ一時間ほどしかたっていないのだが、仕事をしたという充実感で満たされるのだ。

「夕べ、婚活の一回目の打ち合わせがありまして、その報告があります」

佐々木はいつもより三十分ほど早めに家を出て、パソコンを使い昨晩の記録をまとめたのだ。A４の紙一枚に横書きで打ち込んであった。広木はその紙を受け取るとコーヒーカップを置き、両手で持って読んだ。

「いいでしょ。十二月ね。学君が委員長ですね。わかりました。あとは場所をどこにするかということですか。佐々木君、これ組合の人に回覧してくれますか」と言い終わると、広木は印鑑を押して、佐々木に返した。

「来週の水曜日の夜はと」

広木は使い込んだ手帳を取り出し、予定表を見ていた。空いているのを確認すると、

「佐々木君、学君に私も参加してよいか、聞いてくれるかい」

「組合長が参加するのですか、みなさん若いですよ」

「だめかね。たまには若い人と話さないと、ついていけなくなるから。あんまり口は出さずに、聞いているよ」

「わかりました。聞いてみますよ」

「ところで、雰囲気はどうでした」

「酪農家ばかりでなく、イチゴ屋さんやネギを作っている人もいてなかなかいい感じでしたよ」

「そうだね。牛飼いばかりだと、話が偏るからな。いろんな業種の人の話をきくことは良い事だ」

広木は、飲みかけの冷めたコーヒーを、一息で飲み干した。

養田仁は四十二歳だ。二十八歳のときに結婚して女の子が生まれたが、三歳のひな祭りを迎え

る前に、妻と娘は養田の家を出ていった。その理由は、今になってみるとはっきりとはわからない。仁は娘をかわいがり、娘もよくなついていたはずだった。妻とは大きな喧嘩もしたことはなかった。思い当たると言えば、妻が犬や猫も含めて動物が苦手なところがあったことと、もう一つは、結婚当初、妻は結婚する前からしていた事務の仕事を続けていた。両親も元気でいたので、牛飼いの手伝いはしなかった。妊娠をして仕事を辞めた。出産し、その娘が二歳になるころ、娘を保育所に預けて働きに出ようとした妻に、家族全員が反対した。

「子どもがかわいそうだから、あと二年ぐらいはしないでほしい」

仁は、両親たちの意見も含めて話をした。妻は素直に意見に従ってくれたのだが、そのことがいけなかったように思えてならないのだった。

「実家へ少し帰ります」と、バッグ一つを車に積み込み娘をチャイルドシートに座らせると、車を走らせて、門から出ていった。三日たち、妻から「娘が熱を出して帰れない」と、仁の家に電話があった。それから、三週間ほどたった日、妻の両親が手土産をもって、仁の家へ来たのだった。

「本当に申し訳ありません。突然、娘は帰りたくないと言いだしまして。理由を聞いてもはっきりしたことを言わないのですが、どうしてもと泣いて言うものですから。なんと言ってよいのかわかりませんが、本当に申し訳ありません」

妻の両親は，畳に頭をつけて謝罪した。仁と、仁の親は黙って聞いていた。仁の目から涙がこぼれだしたのは、妻の両親が帰り、搾乳をしているときだった。

父親も、母親も、仁にかける言葉を探していたのだが、何もかけられないでいた。

仁は、「どうしてなのかな」と牛に話しかけると、涙が止まらなくなった。それから、半年ほどたち、仁は離婚届に判を押した。

仁としては、諦めたわけではなかったのだが、周りから説得されてしまったと言うことだ。

何度か見合いの話を持ってきてくれる叔母がいたが、仁は、妻と娘は必ず帰ってくるような気がしていた。だから、十年を過ぎてからも見合いを断り続けてきたのだが、両親とも七十歳を超えた今、少し焦りだしてきていた。もう一度孫の顔を見せてやりたいと思った。婚活の話が出たとき、参加したいと思った。だから、子供を産んでくれる女性が、自分より十歳ぐらい若い女性と出会うことを望んでいた。


真田信一と仁は仲が良い。年は七歳離れているが、家が近所で、兄弟のように育ってきた。

仁はマニュアスプレッダーをトラクターで牽引していき、自分の飼っている乳牛からできる堆肥を、信一のネギ畑に散布してやっている。酪農家と畑作農家は、お互いの弱点を補い合うことが大事だと、二人は思っている。だから牛が難産の時などは、仁から夜中に呼び出されても、信一は嫌な顔をしないで応援に行く。獣医を呼んでも間に合わないときなのだが。信一は身長が百七十六センチで六十キロと男にしては、痩せている。仁は、身長百六十センチほどで体重は聞いてもなかなか答えてくれないが，七十キロは超えているだろうと思われる。

四日前の夜七時ごろだった。信一が畑から引き揚げてきて、大好きなカレーを食べているときだった。携帯が鳴り、出ると仁からだった。

「モシモシ信一さん、何していますか。ひょっとして、カレーなど食べているのではありませんか」

「あたりですよ。どうしました」

「うちのべこがなかなか子供を出してくれないのですよ。カレー食べ終わったら、来てちょうだい」

「えー。今、畑から上がってきたばかりでね。獣医さん呼んでほしいな」

「それがね、なんだかお祝い事があったとかで、酒を飲んでしまったらしいのですよ。獣医さんだって人間だものね。たまには飲みますよね。信一さん、そういうことだからね、待っているから」

信一はカレーを半分残して、仁の家を目指して走り出した。仁の家までは約五百メートル。中学、高校と陸上部に入り中距離走の選手として頑張っていた。高校三年の大会では、埼玉県代表として国体に出場していた。今も走るのが大好きなのだ。牛舎にたどり着くと、汗が流れ出してきた。

「いいかい、この牛は初めて子を産む。だから産道が細いからな。お前の方が俺より身長もあるし腕も細い。ここから手を入れて俺の言うとおりにやってくれ」仁は、電話のときとは違って、厳しい口調だ。

「ここって、あれか」

「そうだよ。あれだよ。まずこのバケツにあるお湯で肩まであらって。この中には、殺菌剤が入っているから」

「仁さん、なんでなん。俺牛飼いでないよ」

しぶしぶと肩までTシャツをまくり上げて、殺菌剤の入ったお湯を腕にかける。残ったお湯を、仁は牛の陰部にかけて洗った。

「いいかい、手を入れていくと、前足が来ているはずだよ。こういうふうにな。その足を片方ずつ引っ張り出してくれ」

仁は、信一に身振り手振りで、必死に教えている。

「ホントにやるの。獣医が来るまで待っていたら」

「さっきさ電話でも話したけれどね、獣医さんは、今夜はお祝い事があってな、酒飲んでしまったから出られないんだと。獣医さんだってよたまには飲みてーえべ。信一頼むぞ」

信一は恐る恐る手を産道へ入れていく。親牛が後ろを向いて、何か言いたそうな顔をしている。仁は乾草を縛るトワインで尻尾の先を三度ほど巻いてから、牛の首に回してしばりつけた。こうすることで、牛は尻尾を振れなくなるのだ。

「どうだい。足がわかるかい」

「申し訳ない。この中すごく熱いんですね」

「三九度ぐらいあるかな。つかまえられるかい」

「これかな」

信一がつかんで引っ張り出そうとすると、子牛は足を自分の方へ戻そうとして力を入れる。

「だめです。すべるし。子牛が足に力入れてひっぱるんです」

仁は、産科チェーンの片側を輪にして、その輪の中に右手を入れた。

「信一、いいかい、こうやって、子牛の足首にいれる。やってみてくれ」

信一が腕を抜き、自分の右手を輪の中に入れ、輪を掌で握ると、また手を陰部の中に入れだした。子牛の爪をつかみ、チェーンの輪を少しずつ、子牛の足のほうへと移動していく。子牛が足を動かすと、輪は簡単に抜けてしまう。何度も繰り返しているうちに、偶然すっぽりと入った。

「入ったよ」と声をあげた。信一の額から汗が流れ落ちている。仁は、持っていたチェーンを引っ張ると、手ごたえを感じた。同じようにもう片方も輪を作り、信一の右手に通した。

「仁さん、無事子牛が生まれたら、御馳走してくださいよ。安くないものね」

「ああ、何でも奢ってやるよ。心配するな」

両方の足にチェーンがかかると、あとは親牛の陣痛に合わせて、少しずつ引っ張る。頭が出てしまえば、あとはヌルッと出てくるのだ。初めての出産の場合、子牛が小さく生まれるように、仁の家ではみな和牛の精液をつけている。それでも雄は雌の子より大きくなり、出産が予定より遅れると、子は遅れた分大きくなっている。信一が呼び出されて、子牛が生まれ出るまでに約一時間半かかった。二人は、汗にまみれて、生まれたばかりの子牛を母牛になめさせている。

「ありがとうね。あとは一人で大丈夫だ。シャワーでも浴びたら、飲みに行くか」

「行きたいところなんだけどね、また今度でいいですよ。疲れた」

信一は、汗だくで牛の臭いが付いたTシャツを脱ぎ上半身裸になって、牛舎を出ていった。

仁は、親牛が立っている間に、バケットミルカーを持ってきて、乳を搾ってやる。子牛には、冷凍庫に凍らしてある三産以上の母牛の初乳（比重計で合格した）をお湯につけて溶かし飲ませる準備をしておいた。その溶け具合を確認し、まずは搾ることにした。おとなしい牛でも最初にミルカーをつけるときは嫌がる。足で蹴ってミルカーを外そうとするのだ。仁は何度も牛に蹴られたことがある。親牛が足を上げないようにするには、頭で後ろ足のつけねを押さえるのだ。これで暴れるようなら、カウキーパーを牛の腰の部分に取り付けて締めて足を上げられないように保定してしまう。動物虐待とも思われてしまうので、最後の手段だった。

信一が家に帰ったのは、十時だった。上半身裸で、全身から牛のにおいを漂わせていた。

牛屋でもないのに、子牛が無事生まれてくれたことに、信一は満足していた。産道にいれていた右腕が鈍く痛んでいる。茶の間からテレビの音がしている。「ただいま」と、声をかけたが返事がない。茶の間の引き戸を開けると、もうじき七十歳になる母親が、横になって寝ていた。

「しょうがねーな。オフクロ、布団で寝な」と声をかけたが、爆睡中だ。信一は奥の部屋から、タオルケットを持ってきて母親にかけた。夫を六年ほど前に病気で亡くしていた。生きているころは、三人で畑に出て、ネギの栽培に力を入れていたが、最近では、母親も疲れてきているみたいで、畑に出るのは信一一人だ。土、日だけはパートタイムで二人ほど雇っている。信一はネギを一年中出荷できるように作付けの体系を変えてきた。重労働であったネギの掘り起こしと植え付けは機械化した。仁の力を借りて、土づくりにも力を入れてきている。後は嫁さんを見つけて、母親を安心させたい。古い考えかもしれないがそれが自分への宿題だと思っていた。

信一は高校生の時に、初めて付き合った女の子と別れてから、女の人を避けてきた。付き合ったと言うより、弄ばれたと言った方が正しいのかもしれない。そのことが、心に傷を作ってしまった。

「シンくんさ、二人で歩いていても、話すことないの。いつも私ばかりで疲れる」

それが彼女からの最後の言葉だった。もともと、一人っ子で、話す機会に恵まれていなかったなどと言っても、始まらないことはわかっている。もう三十五歳なのだから。その点、仁といると楽なのだ。仁がどんどん話を進めてくれるから。信一は自分が欠点を直そうとしない限り、前には進まないことに気づいているのだが、実行できないでいる。

加藤洋一は二十五歳で、まだ焦る必要はないのだが、仲間たちがみんな焦っているので自分も早いのにこしたことがないと思いだした。高校を卒業すると、二年間大宮の専門学校に通い、卒業後旅行関係の会社に就職したが、三年前に自ら退職して、実家の酪農を手伝い始めていた。親はまだ五十代のこともあり、投資をしないで、借金もつくらず自分たちの代で終わろうと考えていたのだが、ある日突然息子が牛飼いをやりたいと言ってきたのだ。戸惑ったのは、親たちだ。幕引きの準備をしながら経営してきたのだが、三人ではこの規模では暮らしてはいけない。

広木組合長に来てもらい、洋一も含めて相談した。十五頭の搾乳牛と二ヘクタールの畑、それと家の周りの宅地が四百坪ある。

「加藤さんよ、借金していないのは立派だ。良い経営だね。ここで洋一君が酪農をやりたいと言ってくれたなら二人はまだ五十代だ。組合としても応援するよ。かけてみてもいいのではないかな。北海道には、北海道の牛飼いの姿がある。そのことが決して有利になるとは限らないんだな。ここ、日本で一番暑いと言われている埼玉の地でも、工夫次第で酪農はできる。国の名前は忘れてしまったけど砂漠の真ん中で、立派な酪農をしている国だってあるよ。不利な条件が、考えようによっては、とんでもない方法を生み出すことになるんだよな。弱点を利点に変える。ここでしかできない酪農を考える。いつもそう思っているんだけどね、頭の柔軟さは若い人にはかなわないよ。だけどね、年寄りは年寄りで大事なんだな。だってね経験を踏んで生きてきたんだから。そこに価値があると思うな。ありきたりの話しかできなかったけれど三人で充分話し合っていい方向を考えてくださいよ。呼んでもらえばいつでも来るから。話を聞くよ。聞いて意見も言うよ。でも答えを出すのは私ではないんだよな」

広木の話は、結局、自分たちで判断しろということなのだが、なんだか三人の心の中に余韻のようなものを残していった。まだやれるのではないかという、希望を持たしてくれた。洋一はそれから農協へ行き、後継者育成資金があることを知って調べた。調べだすと途中でいきづまった。最初はうまい夢のある話に聞こえるのだが、だんだん調べていくうちに、ハードルの高さを感じて、後戻りすることになった。加藤家が最終的に選んだ方向は現状維持。洋一が結婚して、ほんとに酪農を続けたいというのなら、そのとき規模拡大をしても遅くはないと言う結論に達した。それを聞いた広木は、妥当だと思った。焦る必要はないと考えた。それからの洋一は、牛飼いの勉強を一から本気でやり始めた。まずは埼玉県の優秀と言われている酪農家を回りだした。牛の共進会へも埼玉ばかりでなく、群馬県や栃木県などへ見に行った。そうしているうちに、知り合いが増えた。三年たった今、自分の目指す酪農の姿がぼんやりと見えてきたところだ。

「今日は二回目の打ち合わせということで広木組合長が、参加してくれています。まずは組合長からひと言お願いします」

学の話で、婚活の打ち合わせが始まった。

「初めて会う方もおられるので、簡単に自己紹介しますか。埼東酪農業協同組合の組合長をやられている広木と申します。七十二歳です、よろしくお願いします。前回の話は、佐々木さんから聞かせてもらいました。今日はオブザーバーという立場で、若い人たちの話を聞かせていただきたいと思いまして、参加させていただくことになりました。よろしくお願いします」

広木が頭を下げて座ると、拍手がおきた。

「それでは、仁さんにまずは乾杯の音頭を取ってもらい飲み食いしながらになりますが今夜は、婚活をどこでどのような形でするかを決めたいと思います。それでは仁さんお願いします」

「はいそれでは、皆さん飲み物を持ってくださいませ。実りある打ち合わせになりますように。乾杯」

仁は、あっさりと乾杯の音頭を取った。

「腹をすかしている人もいるようなので、まずは食べてから。それからだな」学が小声で言うと、

「学が一番腹減っているみたいだな」と、隣に座っていた博がみんなに聞こえないように小さな声で言った。

「畑でトラクター乗っていたからな。搾乳の時間ぎりぎりまで」

「学君、サイレージ詰めは、まだ先ではないのか」と広木が言うと「うちの畑なんですよ。我が家のトラクターは小さくて古いし、大きいのを買おうと思っていたのですが、学がうちのジョンデアーでやってやるよ、トラクターに金かける必要ないよって言ってくれたんで」

今度はみんなに聞こえるように、大声で博が言った。

「そうだね。学君の家のトラクターは八十馬力だっけ。一年のうち何日も動かないだろう。酪農家もよく考えないとな」

広木が言う。

「酪農家にとって、トラクターは憧れというか、希望の星、違うな何と言ったっけ佐々木さん」

仁が、佐々木に振った。

「たぶんステイタスシンボルでしょ」

「そう、そう、ステイタスなんだな」

「隣がファーガソンの赤なら、内はフォードの青。学の家は緑のジョンデアー。牛飼いは見栄はっているわけだよね」と、仁が話に入ってきた。

「そういう発想は、昔の人たちだよ。北海道の人たちのように広い大地を持っていれば、トラクターは欠かせないだろうけどね。ここは埼玉だからね。見栄はることないよ。トラクターに金かけるなら牛にかけてほしいな」広木が言った。

「でも組合長の家には、一〇〇馬力以上のトラクター、キャビン付きで三台もあるじゃないですか」

「ごめんなさい。痛いところを突かれたな。言い訳するようでみっともない話なのだが、息子たちがね、人から頼まれて畑を耕したりするのが増えたもんでね、それに利根川の土手を借りて牧草を作るようにもなって、モアーにテッター、ロールベーラーなど一日天候と勝負しながらの同時作業なので、アタッチメントの交換をしている時間がもったいないという発想なんだな。それで増えっていったんだ。私だったら、買わないで我慢していたかもしれないな」

「組合長、それも一理はあるけどな、トラクターにも三分の魂あるよ」

仁が訳の分からないことを言った。

「それ変だよ。佐々木さん何だっけ」学がふると、

「盗人にも三分の理でしたね、確か」

「おれが言いたかったことは、作業が変わるたびに、アタッチメントの交換などしていられないと言うことだよ」

「いいじゃないか、時間かかったって。そんなに慌てたってろくなことはないと思うんだけどな」

広木も少しばかり向きになってきていた。

「そこは、時代の違いかな」仁が言った。

「時代ですか。昔の話をしては笑われてしまうが、私が最初に買ったのは、ルーズベイラーという乾草をコンポする機械だった。一個のコンポの重さは二十キロほど、それをトラックに積んで牛舎の二階に詰め込む。ホークを使っての手作業だから、きつかった。でも今はすべてトラクターだね。一個三百キロもあるロールは、とてもじゃないが人力では扱えないものな。そういう意味で言えば、昔には帰れないかもしれないな」

広木のその言葉に、口をはさむ者はいなかった。

仁は、自分の言いだしたことだが、時代という、曖昧な言葉で終わりにしてしまったが、それでよいと思った。誰だって、トラクターのありがたみはわかる。組合長は、畑にあったものを買え、見えで買うな、そういうことを言いたいのだなと感じた。


「腹が落ちついてきたので、本題に入りますかね。まずはどのような方法でするかで考えていくか」と、先程までひたすら食べていた学が、話題を変えた。

「ただのお見合いパーティーではないほうがいいよね。畑で農作業をしてもらいながらとかはどう」と、博が口火を切った。

「そんなのでは、若い女子は集まらないよ」と、洋一が反対する。

「カラオケ婚活なんていうのは……」信一が言った。

「いいね」口をはさんだのは、広木だった。

「ほかには」と、学がみんなの顔を見て言う。

「バーベキュー婚活は。料理しながら、食べながらというのは」

洋一がまじめに言うと、

「それ、いいですね」と佐々木が賛成した。

「食材は、地元の野菜を使って」同級生の雅子がつないだ。

他にもいろいろと意見が出たのだが、多数決で、バーベキューをしながらという案に決まった。

「それでは、場所だな。どこでするか」

「利根川の河川敷は」

「雨天のことを考えるとね、難しいな」と学が言う。

「あそこは、ほら、温室のようなところ。二年ぐらい前にオープンした、名前が思い出せない。はい、佐々木さん、なんというところだっけ」と博がふった。

「そういえばありましたね」

「今度の日曜日、リハーサルかねてそこへ行ってみるとするか」

学がまとめた。

「学よ、行くのは賛成だけれどどさ、どうやって女性の皆さんを集めるんだい。そっちの方が難しいべ」仁が言うと、

「新聞に載せてもらうか」博が提案する。

「簡単には載せてくれないやね」と、言ったのは仁だった。

「何人ぐらいを想定しますか」佐々木が言う。

「埼東酪農の中で婚活に参加してくれそうな人が何人いるか、佐々木さんに調べてもらいました。佐々木さん発表してくれますか」と学が、話を変えた。

「組合は十五軒の酪農家があります。その中に、後継者がおり、まだ独身でおられる方はここに

いる三人を含めまして、六人おられました。それから近隣の農家の方を調べられる範囲でしかありませんが、調べてみました。ここにいる二人含め十人ほどの方がいると思われます」

「ウーン」と、うなったのは広木だった。

「佐々木君、よく調べたね。忙しい中を」

「仕事中ではありませんよ」

「いいんだよ、仕事中でも。この地域の将来がかかっているんだから」

「組合長、それ大げさでないかい」と、仁がからかった。

「いや大げさでも何でもないよ。現実だよ」

「全員参加したとしたら、二十名ぐらいの女性を集めなければいけないということだ。うまい告知あるかな」と、学が言った。

「家の近所に埼玉新聞の記者が住んでいるから、当たってみるよ」

「博ひとりでは心配だから俺も行くよ」と、学が言うと、博が
「明日にでも、電話して時間作ってもらおうな」と言う。

「佐々木さん、それまでにこの婚活の意義とかをまとめてくれますか。言葉だけでは弱いからね」

学が頼んだ。

「わかりました」

「あのう、私、以前タウン誌でバイトしていたことがあるの、そこにもあたっていいですか」

「養田さん、いいね。ぜひお願いします」

佐々木の友人である養田が初めて発言したことで、会はいやがうえにも盛り上がった。

「それから、FMのナック5にも行って、放送で流してもらおう。この際、お願いできるものは何でも、あたって砕けろだな」博が言った。

「それから、インターネットに詳しい人いないかな」学が聞いた。

「洋一、お前が一番若いのだから、ネットでト調べろや。俺なんかついていけねえからな」と仁が言う。

「了解しました」

「学よ、会費はいくらにするかね」仁が言うと、

「組合長、いくらぐらい補助していただけるのでしょうか」と、学が広木にふる。

「全額と言いたいところだが、農協さんや取引のある飼料会社に話をしてみるよ。佐々木君、まとめたもの私にも下さい。それを持って回ってみるから。それと、あんまり期待はしないでください。酪農業界は、ご存知の通り厳しいので」

「そちらの方は組合長にお願いするとして、今日の打ち合わせはこの辺でお開きというところにしますか。何か他にある人いますか」

「組合長がいるので、少し質問していいですか」と、洋一が発言した。

「ああ、いいよ。何でも聞いて。答えられるところは何でも答えるから」

「ありがとうございます。それじゃなんですが、これからの日本の酪農はどうなるのか教えてくれますか。今どんどん酪農家の数が減っていますよね。将来のことを考えると、不安で仕方がない。考えていると、眠れなくなることがあるんです」

「そうきましたか」広木は目を閉じて、しばらく考えていた。周りから見ている人には、ほんの十数秒だったが、彼にとっては長い時間に感じられた。頭の中で自分の考える酪農の在り方を、どうやって伝えたらよいのか考えていたからだ。

「これからの話はね、私個人の意見として聞いてほしいのですが。反対する人もいると思いますのでね。私はね、基本的には酪農は家族で経営するものだと思っているんだな。メガファームをやりたい人はやればいいのですが、十頭で儲からない人が五百頭の牛を飼ったとしても、儲かる経営ができるとは思えない。もちろん、メガファームにすれば、多くの人を雇わなければならなくなるね。牛飼いだった親父さんは、ある日を境にして社長という立場になり、牛を管理するよりも人間の管理をするようになる。これがね、なかなかできそうでできないことだと言われているんだよ。多頭飼うことによるスケールメリットは大きいよ。群馬の知り合いの方が、搾乳牛千頭飼養している。三十六頭のロータリー式パーラーで搾乳している。乾草は毎日コンテナで運ばれてくる。約二十トンだね。メガファームをやられている方たちは、みなさん飼料作物など作っていられないと言いますね。だから必然的に百％購入飼料となるわけだ。

コンテナが運ばれてこないと、牛たちは生きていけないことになります。生命線だな。でもそういうことが、起こりえないとは言えませんよ。もし日本が戦争に巻き込まれたとしたら、起こりうるでしょうね。そう考えておかなければ。そのときは、牛の餌だけではありません。人間の食べるものも輸入出来なくなるでしょうね。そういうときだね、自給飼料を作っていることがモノを言うだろう。

堆肥を還元できる畑を持ち、ある程度自給飼料で賄う家族経営とくらべ、すべて購入飼料に依存すると言うことは、アメリカやオーストラリアに干ばつや洪水が起きれば、そのたびに餌代は上がる。

円安になればすぐに餌代に響く。戦争が起きたとしたら、とんでもない事態になる。そういう世界情勢に振り回されるという事になるんだな。自分のところで一頭の牛に、五キロのサイレージを通年でやれるだけの畑と生産する能力があれば、これは強いですね。家族経営ならば成牛四十頭ぐらいがいい。将来的に見ても安定すると思うな。それから、一万キロ牛群は目指さないでいいと思うよ。健康な牛ならば八千五百から九千キロの乳量で充分。私の家ではそのような方向に進みつつあります。やはり一万を超えると、繁殖に問題が起きやすい。これは、私の経験上の話ですが。

発情、妊娠をさせるために高額な添加剤を使うことになるんだ。科学が進歩したから、添加剤はどんどん増えてくる。はたしてそれが牛のために本当に良い事なのか。私は決して牛のためになるとは思わないのです。飼料メーカーに踊らされているだけではないのかと。良質な粗飼料を食べていれば、牛は自ら健康になります、毛につやが出てきてピカピカ光りだします。だから高額な添加剤は必要ないと思うな。牛には長生きしてもらう。牛群平均で三産を越えたいところだね。今の日本の平均の産児数は、確か一・八ぐらいですよね。これじゃ、あまりにも可哀そうです。それで一万キロ牛群だなんて自慢できないでしょう。

話は少し変わりますが、放牧主体で牛を飼って搾乳しているところもあります。家畜の福祉、アニマルウェルフェアと言うらしいのですが、発音が悪くてごめんなさいね。そのような立場から、放牧酪農を進めている人たちもいます。近くでは神津牧場が群馬県と長野県の境に在って、ジャージィー種を飼育しています。歴史のある牧場です。冬は、雪に閉ざされてトラクターで、毎日除雪しないと生活が寸断されてしまう。山の中なんだね。子供のいる従業員は、下仁田ネギで有名なところ、下仁田町から通っているそうなんだ。けれどね、発酵バターを作り、ソフトクリームの原料を一リットルのパックに詰めて出荷しているし、ジャージィー牛乳をホルスタインの牛乳の倍に近い値段で売っているよ。それだけの価値があるということだね。若い人が興味を持って、夢をもって働きたいと来るらしいんですが、何にもない山の中での生活に耐えられなくなるらしいんだな。放牧酪農を目指すのもいいです。ただ地域性が問題になる。この日本一暑いと言われているここでは無理ですね。

また話は変わって申し訳ないんだが、北軽井沢の知り合いの酪農家は、遺伝子組み換えのしていない配合飼料と、はっきりと覚えてないのですが、三年以上だったかな化学薬品と化学肥料を使用しない草地から生産された牧草を給与すること。そういった厳しい条件をクリアーしてオーガニックミルクを生産しています。数年前の冬にお邪魔したんだけれど、雪の中に牛が放牧されていたな。今、私たちが何気なく食べている豆腐や納豆でさえ、ほとんど遺伝子組み換えがなされている大豆を使用していると思って良いのじゃないかな。そういう状況の中で、牛の食べる餌を組み換えしていない原料で製造するということが、いかに困難なことで、コストがかかること。自家で作る乾草やサイレージ、堆肥に至るまで厳しい規定があり、それをクリアーしなければオーガニックと呼んではいけない。

本来のオーガニックという概念は、単純に化成肥料や農薬を使わないという事だけではなく、牛のアニマルウェルフェアとは、先ほども使った単語ですが、日本語に訳すと家畜の福祉という訳語になるようだけれど、牛たちも大事に育てられなければいけない。それもオーガニックの原点にあります。なぜ私がこの言いずらい英語を二回も使用したのかと言えば、みんなに覚えてほしいから、ただそれだけなんですけどね。ここは笑うところですよ」

みんな真剣に聞いていたから、笑うチャンスを失ってしまったというより、なんで笑うところなのかさえ、気付かなかったのだ。

「多くの人が手を出そうとはしないかもしれないことですが、地球を守る、これから先人間が地球を滅ぼさないためには、オーガニック（有機栽培）が、大事な取り組みだと思うな。そおうして搾った原乳は、たしか一キロ百六十円で乳業メーカーさんに買ってもらっていた。その牛乳が安いか高いか判断するのは、消費者何だけれどね。ご主人は最近亡くなられたけれど、哲学というよりは、自然や農業を愛していると言った方があっていると思う。人間的にも立派な人でした。ご子息がその遺志を継いでいると聞いています。

日本の酪農は危機的状況にあり、年四％の割合で辞めていく酪農家があるという現実あります。稲作の歴史に比べれば、日本へ酪農が入ってから百五十年程です。八代将軍徳川吉宗が白牛三頭を輸入して、現在の千葉県で飼育したのが、近代酪農の始まりだと言われているんだけれどね。アメリカやカナダの真似をして、ここまで頑張ってきたけれど、それでよかったのだろうか。みんなも考えてみてくれないかな。生き残るという考え方でなく、日本にあった酪農に作り替える、それを再生と呼ぶかどうかわからないけれどね、はっきり言ってね、私も情けないことだけれど、どうしたらよいのか模索しています。

一つ確かなことは、それは一人でするよりも、仲間を作り、あるいは村ごと巻き込み、進めていくことが大事なことだということ。そして、年寄りの知恵と経験を生かして、君たち若者が中心になって進めなければいけないと言う事だね。長くなってしまいましたが参考になればうれしい限りです」

「組合長、ここにいる俺たちみんな不安なんです。それは牛飼いばかりでなく、信一さんの作っているネギも、博の栽培しているイチゴだって、ぎりぎりのところで戦っていかなければならない。農家に生まれ、小さいころから仕事を手伝わされて、二言目には、お前は長男なんだからと言われ続けて育てられてきた。そして自分でもいつの間にか、親の面倒を見るのは自分で、農業を継ぐのは俺なんだということに、何の疑問も持たなくなってしまっている。それでよいのか、良かったのかと思うことがあります。また、別の機会に話聞かせてくれませんか。洋一それでいいね」と、学が言うと、

「そうだね。TPPの問題もあるし、そういう機会作ろう」と、広木が答えた。

「今日の会計ですが、組合長から、お祝いをいただきましたので組合長にお礼の拍手を」と博が言った。

「少しばかりですが。今夜はいい話を聞かせてもらいました。ありがとう。若いということは、何物にもまして素晴らしいとは言いませんが、かみさんが迎えに来てくれたようなので、これで先に失礼します。婚活みんなで成功させてくださいね」

広木が靴を履いて表に出ると、光江の運転する車が店の駐車場から出てきた。広木が車に近寄っていくと、後ろの方で、

「ごちそうさまでした。埼東酪農組合バンザーイ」と大きな声がした。広木が振り返ると店の前に全員並んで、万歳している。広木が照れながら手を振っていると、車から出てきた光江も広木の隣で手を振り、深々と頭を下げた。

広木は、光江に目配せして助手席に乗り込んだ。光江は静かにアクセルを踏み込むと、車は走り出した。しばらく沈黙が続いた後に

「若いっていいですね。あなたうらやましいでしょう」

「私たちにも、あんな時代ありましたね。相手が見つかるように、老骨に鞭打って頑張らないとだね」

「あなたには向いていると思いますよ」

「嫌いではないな」

「楽しいのですよね。あなたはつらい事でも楽しいことに変えてしまいますよね。それ、すごいなと思っていました」

「あれ、誉めてくれているの。奥さんに初めてほめられましたね。それはね、いつもあなたがそばにいてくれたからですよ。ここまでやってこられたのは、あなたのおかげです。ありがとう」

助手席で広木が頭を下げると、光江は、真剣な顔して前方を見ていたが、信号が赤で停止すると、広木にわからないように、涙を拭いた。


季節は、稲刈りの時期を迎えていた。利根川沿いに広がる水田は今年は台風の影響もなく稲穂はみな頭を垂れて、刈り取られるのを待っていた。

「組合長、全農埼玉の小森様がおいでになりました」佐々木が伝えると、

「入ってもらってください。一人ですか」

「いえ、三人でおいでです」と佐々木の後ろから、

「や、どうも。ご無沙汰しております」と、恰幅のいい小森を先頭に三人が入ってきた。

「お忙しいところ、ご足労いただいてありがとうございます。本来ならば、こちらからお伺いし、相談しなければいけない話なのですが」

三人がソファーに座ると、佐々木が牛乳のパックと、佐々木がまとめた草稿を配った。

「少しこれを読んでいただけますか。この地区の若者たちが心をこめてまとめたものなんです」

広木が説明した。


『Farmer's ＢＢＱ』開催日平成二十九年十二月三日（土）

第一回　婚活イベント　　みんなで楽しくＢＢＱ　　バターづくりに、イチゴジャムづくり農家の仲間と素敵な時間を。

開催場所　バーベキュー場　　バルム
埼玉県ＸＸＸ市ｘｘｘ４３２１　　ＴＥＬ　　ＸＸＸ-ＸＸＸ-３７５４
参加資格
男性　　埼玉県内の独身の農家経営者および後継者。

女性　独身女性

募集人数　二十名から　男女各十名で決行。最大各二十名で締切とさせて頂きます。

開催時間　十時三十分～十五時

受付開始　午前十時

参加費　無料

「小森さん、男性陣の中には酪農家の青年が七人、他はイチゴ農家の方、ネギを栽培している方が三人、花を栽培している人が二人、苗木の栽培をしている園芸農家の人もいる。一緒にバックアップしていただけませんか」

広木は三人を目の前にして深く頭を下げた。

「広木さん、いまさら水臭い事なしですよ。電話で話をお伺いしたとき、これからのために必要だと思いました。ぜひ応援させていただきますよ。こうして三人で雁首そろえて来ているのですから」

「それはありがたい。佐々木君、よかったね応援してくださるよ」

佐々木は、直立不動で話を聞いていた。

「この年になって気づいたんです。私が倒れてもね、何かを残したい。日本の農業が生き残っていくために、やれることは何か。そしたら、この婚活を成功させせなければいけないと。それはとても小さなことかもしれません。でも、それが始まりの一歩であれば。若者たちと、一緒に進むべき道を探したいと。そこへ行きつきました」

広木が、今まで見せたことがない口調で話した。隣にいた佐々木の手が震えている。

「広木さん、わかりました。私も定年まで後一年です。職場では、第一線を離れて、隠居のような暮らしを強いられた状況にあるわけです。もう一度燃えてみたい。なんでもいい。ならば、農家のためになるような。今までしてきたことが、農家のためだったのか。巨大な組織の中で、自分の意志でなく泳がされてきた。恥ずかしい話ですが、自分の死に場を探していたんです。少し大げさですが、そんな気持ちです」

「小森さん、私に比べたら、まだ若いじゃないですか。でもその気持ちよくわかります。次の世代に胸を張ってバトンを渡したいものです」

広木は、自分の言葉に興奮していた。自分の言葉に嘘はなかったが、青臭い事を言っているような気もした。だが偽らざる気持ちだったのだ。

「佐々木君もここへ座ってください。そしてこれからの話を記録してください。今までの話は、オフレコでお願いしますよ」

打ち合わせは、三十分ほどで済んだ。三人が席を立つ前に、

「うちの牛乳飲んでいってください」と広木が勧めると
「冷えているものに変えてきます」と、佐々木が立ち上がり、配ってあったパックを手でつかみ、部屋を出ていくと、すぐに、新しいものをテーブルに置いた。

「牛乳の温度は、やはり、二度がうまいですよ。それ以下では風味が殺されてしまうんですね。ただ冷たい飲み物になってしまうんです。うちの牛乳、北海道の牛乳に負けないですよ。まあ飲んでみてください」

三人は出された牛乳のパックからストローをはずし、パックの穴に差し込むと、子どものように音を立て吸いだした。真剣な顔をしていたのが、頬のあたりの筋肉が一瞬緩んだ。

「甘いですね。うまい」

「そうでしょ。この日本で一番暑い土地で、牛と共に生きている人たちが懸命に搾る乳ですから。どこにも負けない自信を持っていますよ」

広木と佐々木は、駐車場まで行き、三人を見送った。その時、佐々木の目の前をトンボが風に乗って横切っていった。

「アキアカネが飛んでますね」

「秩父の山から下りて来たんですね。長い旅の途中ですね」

広木が感慨深かげに、ぽつりと漏らした。

最終の参加者は男性が十九人、女性が二十人の応募があり、あとは本番を待つのみとなった。司会進行は、学と佐々木が担当することになっていた。自ずと、二人は婚活には参加できなくなった。

「学、悪いな。俺たち頑張るからな」

三日後に、婚活の本番を控え、最後の打ち合わせとして埼東酪農業協同組合の会議室で午後一時より始まった。

「ここまで協力してくれたみんなのために、佐々木さんには申し訳ないが、司会役頑張るから」と学が力を込めて挨拶した。

その他の手伝いには、農協の職員が三名ほど応援してくれることになっていた。受付は洋一と雅子の若い二人がすることになっている。全員が受け付けを終わり次第二人は婚活に参加する。

「なんだか、今からドキドキするな」と仁が言うと、

「俺、全然自信ないですよ」信一が返す。

「信一よ、はっきり言って、ルックスも条件もいいよ。俺なんかよりはるかにいいよ。自信をもって話せ。あとは、話を聞くこと。相手の目をみて、うなずくんだ。ねえ、雅子さん」

仁が、信一に気合を入れている。

「信一さん。いい人見つかりますよ。もし見つからないようでしたら、私を選んでください。私、必ず、信一さんの番号を書きますから」

「雅子、言うじゃない。本気モードだね。私、応援するからね。この四ケ月、こうして真剣にものを言い合って、楽しかった。私は次回を狙って今回は研究させていただきます。そして、一つでも多くのカップルができるように司会頑張ります」

「佐々木さんには、本当にお世話に成りました。佐々木さんがいなかったら、この婚活は出来なかったかもしれません。ありがとうございました。もし俺で良かったらいつでも大丈夫だからね」

学が、初めて本音を言った。

「佐々木さん、俺も大丈夫だからね」

博も、名乗りを上げた。

「本気にしちゃうぞ。でもありがとう」

「おう、やってますね。仕上げは、順調ですか」と、広木が顔を出した。学が立ち上がり、

「いろいろとありがとうございました。最後の打ち合わせです。ここまでやってこられたのも組合長のおかげです」

「私もね、みなさんに会えてよかったな。いちずだった牛飼いを始めたころ、夜も寝ないで語り明かしたことを思い出しました。頑張って、素敵なお嫁さん、旦那さんを見つけてください。大きな夢を見せてもらってありがとう」

冬の始まり、利根川の流れの勢いはまだおとろえていない。昨日秩父の山に初雪が降ったという。赤いトンボたちは、交尾を終え、産卵を済ませただろうか。春が来て、羽化して夏の始まりには山へ飛んで行くと言われている。人類の生まれる前から続いてきた習性なのだ。

2章

学と佐々木紀子が、マイクを持って立っている。学はグレーのスーツにブルー系のネクタイをしていた。紀子は、学に合わせた色合いで、あまり目立たない紺系統のスーツに、かかとの低い靴を履いている。今日は十二月三日、土曜日。出会いの日。婚活の開催日だ。

受付が終了して、受付担当の洋一と雅子が席に着いたのを見て、全員そろっているのを確認すると、学が婚活を開始した。

「大変お待たせしました。ただいまより第一回、ファーマーズバーベキューを開催します。開催に先立ちまして、この会に、惜しみなく援助して下さった埼東酪農協同組合の組合長広木様より一言いただきたいと思います」

広木は、農協の職員や理事たちとテーブルを囲んでいた。紀子がマイクを持って行き手渡すとき、小さな声で広木に何か語りかけた。

広木は、笑みを浮かべマイクを握った。

「只今ご紹介にあずかりました広木です。私はこれから始まるこの婚活パーティーが、ここへ集まってくれた皆さんにとって、意義のあるものであってほしい。ただそれだけを願っています。それはここにおられるＪＡ農協のみなさんも同じ思いです。そして、この婚活の実行委員の皆さんと出会えたことに感謝しています。どうぞ真剣に楽しんでいってください」

紀子がマイクを取りに来て、みんなに気づかれないように広木にＶサインを送り、深く頭を下げて戻って行った。紀子はマイクを渡すときに、「短くお願いします」と、ささやいていたのだった。

ここは、鉄骨で組み合わせられた大きなビニールハウスのなかである。亜熱帯地方の植物が植えこんであり、南国的な雰囲気をかもし出していた。天気も良く日差しが入り込み、ハウス内は外に比べて汗ばむほどだった。見回すとほかにもいくつかのグループが来ていた。

「それではまず向かい合った席で自己紹介をしていただきます。なお席順は受付の時に引いていただいた順番になっております。紹介は女性のほうから開始してください。細かい話で申し訳ないのですが、持ち時間の目安は三分です。各人が一分ずつ。残り一分は二人の時間です。三分たちましたら合図を送りますので女性はそのままで、男性が隣の席へ移動してください。受付で配布しました、参加者のプロフィールと写真を見ながら自分をアピールしてください。なお受付時に説明があったと思いますが、プロフィールと写真は終了時に回収しますのでよろしくお願いいいたします。さて、ちょっと変な例えですが、牛の共進会で、もっとも大事なことは、最初の印象、第一印象だそうです。これは審査員、ジャッジマンの先生が言われた言葉なのですが、参考になれば幸いです。それではみなさん、心の準備はよろしいですか。合図はこれですよ」

学が紀子にサインを送ると、紀子は祭りで使う大太鼓をたたいた。ハウス内に「ドーン」という大きな音が響いた。

「それでは始めてください」

向かい合った椅子には、二十名ずつ女性と男性が座っている。実は応募は男子十九名であったのだが、無理やり学の友だちに参加してもらって二十名にしたのだった。

男性陣の中には、学と同級生でイチゴを栽培している博が手前から三番目、五番目には酪農家でバツイチ四十二歳の仁の笑顔が見えた。後ろの方に洋一と信一が間に五人ほど挟んで座っている。信一の緊張した顔が見えた。二十番目に、学の友だちが座っている。友人の茂は、独身であるが結婚を前提に付き合っている女性がいた。彼女には内緒でこの婚活に参加している。

紀子が学に話しかけた。

「ついに始まりましたね。夢のようです」

「信一、緊張しているな。俺も足が震えていたけれどな」

「え、本当ですか。どうどうとしていましたよ」

「はい、時間ですよ」

学は右手にストップウォッチをもって見ていた。

紀子は太鼓をひとつたたいた。

「はいそれでは、男性はひとつ席をずれてください。二十番の男性の方は、こちら一番の席においでください。走らなくても結構ですが、少し速足で。はいありがとうございました」

「雅子も緊張しているな」と、紀子は感じていた。

「佐々木（紀子）さんぐらい度胸があればね。俺、小さいころからすごいあがり症でね。年とっても駄目だね」

「私、度胸だけはいいって昔から言われていましたね。バレーの試合でも、ぜんぜん平気だったです」

「ハイ、太鼓」

順調に進んでいた。一時間があっという間に過ぎていった。

「はい、これが最後ですよ。緊張も取れてずいぶん皆さんの顔が明るく見えてきました。なかには疲れた顔も見えますが、まだ始まったばかりですので、気合を入れて頑張りましょう」

最後の太鼓がなった。

「お疲れ様です。ここで十分ほど休憩を取ります。実行委員の方と応援隊のみなさんは、次のバターづくりとイチゴジャムづくりの準備をお願いいたします。他の方は、この十分間を無駄にしないでくださいよ。話し合いは自由ですから。気になったひとのところへどんどん行って話してください」

学がマイクのスイッチをオフにすると、

「まずはお疲れさまでした。第一コーナー無事終了しましたね」と言いながら、ペットボトルのお茶を学に差し出した。

「ありがとう。緊張でのどがカラカラだった。いいタイミングです」学は一口飲むと、

「うまいな。やっと落ち着いたよ」学は緊張から解放され、肩の力が抜けていくのがわかった。

農協からの応援隊と、仁や博、信一や洋一に雅子たちが、てきぱきとテーブルを出し、椅子を並べ、バターづくりとイチゴジャムづくりの準備をしていた。後から合流した学と紀子が、カセットコンロを置くと、博がガラスのボウルに入ったイチゴを配って準備は終わった。ストップウォッチを見ると、二分ほど時間がある。周りを見ると、いくつかのグループができていて、楽しそうに話をしていた。

「信一よ。どうだった」と仁が声をかけると、

「わかんないですよ。相手に聞いてみなけりゃ」

「良かったですよ。話すことがまとまっていましたし、言葉がはっきりとしていましたから」

「そら、雅子さんは仲間だから。安心して話せたんだよ」

信一は、不満げだった。

「それでは準備ができましたので、各テーブルに男子、女子それぞれ四名ずつ、受付時に引いて頂いた番号順に行きますのでよろしくお願いします。一番から四番を引いた方はこのテーブル、テーブルの上に番号が書いてありますのでお座りください。なお実行委員の五名は、だぶらないように振り分けさせていただきました」

五個の丸テーブルに、全員が座り終えると、

「まずはバターを作って頂くのですが、本来なら牛乳から作ればよいのですが、この時期でも、牛乳には、四パーセントほどの脂肪しか含まれていません。その量ではなかなかできませんので、生クリームを用意しました。これですと簡単です。パックのところに四十と書いてありますが、これが含まれる脂肪分の割合です。ビンの中には約百グラムの生クリームが入っていますから、約四十グラムのバターができるはずです。作り方はビンを振るだけです。ひたすら振ってください。必ずできます。後は各テーブルにおいてある紙を見ながら進めてください。バターが出来たらジャムづくりです。ここに用意したイチゴは、実行委員の吉田博さんが愛情をこめて育てたベニホッペです。今朝つんだイチゴだそうです。そのまま食べても非常においしいのですが、ジャムを作りましょう。ナベに砂糖とイチゴを入れて煮るだけです。これも細かいことは紙に書いてありますので、どうぞ始めてください。なお八人で協力して作ってください。大事なことは、協

調性を見られるということですよ。それから出来上がったバターとジャムは試食できるように、パンを配りますので味見してください」

パンは一枚の食パンを四つ切りにしたもので、紙皿の上にのせたものを、学と紀子が各テーブルに配りだした。配りながら仲間たちに声をかけていった。

「洋一、バターうまくいっているかい」

「ハウスの中の温度が高いから、あんまりよくできないよ」

洋一のグループは、有坂義人、三十八歳、飼料会社に勤めている。この婚活に協賛してくれた飼料会社の営業マンだ。成田秀樹、二十七歳、野菜栽培と書かれたネームプレートを下げていた。合田剛、三十五歳、養豚業、がっちりした体形だ。女性は町田美奈代、二十七歳、家事手伝い、西田佳澄、二十六歳保母、松田美紀、三十歳、会社員、真田夏江、二十九歳、団体職員と書いてある。洋一は二十五歳だから、この中では一番の年下だ。

「イチゴおいしいですね。味見してしまいました」

西田さんが明るく答えた。

「三百グラムと計ってありますので、砂糖少し減らした方が良いかもしれませんよ」

「学さん、それほど厳密にしなくてもできますよ」と、洋一が答えた。

「そうだね。おまかせするよ。楽しくやってください」

隣のテーブルから仁の大きな声が聞こえてきた。盛り上がっているのだろうと思い、学が振り返ると、紀子が仁を止めている。そういうふうに学には見えた。

「どうかしたのかい?」と、学が聞くと、

「バターを作る順番でもめたみたいです」と、紀子からの返事。

「このおじさんが、知ったかぶりしてさ、仕切るから」と言う若者の胸の名前のプレートには、佐藤英雄、二十三歳、園芸農家と書いてある。仁は、学の顔を見ると冷静さを取り戻したようで、

「申し訳ない。少し出しゃばり過ぎました」と自分の子供と言ってもおかしくない若者に頭を下げた。それを見ていた女性たちは一瞬引いてしまったが、一人の女性が、

「さあ、楽しくやりましょう。養田さんは実行委員もされているので、失敗しないように気を使ってくれたのですよ」と言ってくれた。胸のプレートには、三十八歳、大野康子、小学校教員と書かれていた。他の女性は、黙ったままだった。

「ありがとうございます」と紀子が、その女性にお礼を言った。

「すいませんでした。さあ楽しくやりましょう」

仁が頭を下げて、なんとかバターづくりが再開した。

農協からの助っ人の二人に、残りの試食用のパンを配ってもらった。

「バターとイチゴジャムの出来上がったグループの方は、今配ったパンで味見をしてください。

そして、これから配る牛乳は、私たちが搾った牛乳です。どうぞ飲んでみてください」

牛乳を配り終えた紀子が、学の耳元で、

「みんな目立ちたいのよ。仁さん、よくこらえてくれましたね。大野さんたしか、バツイチでしたよね。仁さんとうまくいけば良いですね」と言うと、

「今、同じこと考えていたよ。年齢もいい感じだし」と、学が紀子にほほ笑んだ。


学は次のテーブルにいる、博を見ていた。イチゴの話で盛り上げているようだ。

「牛飼いの人も、イチゴを育てている俺なんかも、相手が生き物だからね。牛なんかは暑ければ涼しいところへ移動できるけれど、植物はそこから動けないからね。日当たりの悪いところ、ハウスの近くに木が一本立っているだけで、東に立っていれば午前中に、西側に立っていれば夕方ごろ、ただそれだけで微妙にイチゴの成長に影響を与えるんですよ」

「そう言われると、酪農家のひとと同じように、イチゴ屋さんも大変な仕事なんですね」

髪はショートカットで目の大きな利発そうな女子が、博に聞いてきた。ネームプレートには、兵頭なつみと書いてあった。

「同じ農家というくくりで言えば、自然相手に闘っているので、人の力ではどうにもならないものがあると思うときがありますね。地球の温暖化と言われているけれど、特にこの辺りは日本で

一番暑いところだから。牛だってつらいだろうし、イチゴの苗が育たないんだ。イチゴは親苗からランナーという人間で言うならば腕に当たるかな。種をまいてそだてるのではなくて、その伸びてくるランナーを土の入ったポットにピンでおさえておくと、そこから根を出して子苗が成長する。苗は親苗に近い方から、太郎、次郎、三郎、と順番で呼ばれている。だけどね、暑いと肝心なランナーが出てこないのよ」

「ウーン、よくわからないけど、ハウスの中で働く人もつらいでしょうね」

また、兵頭さんがきいている。

「よくぞ聞いてくれました。だから、朝と夕方ハウスの中で働くの。暑い時期はね。冬は、今のこの時期は、最高に働きやすいね。半袖でも平気ですから」

「博さん、のってきましたね」と紀子が言うと、

「少しのり過ぎじゃないかな。みんなに話を振らなければね」と学は心配している。

紀子の目は、雅子の動きを追っていた。雅子の服装は、同じテーブルに座っている四人の女性の中で、一番地味だった。

「もっと派手な格好して来ればよかったのにな」と独りごとを言うと、学は、

「雅子さんらしくていいよ。漬物が好きな女性だものね。そのことを声にだして言えるということが立派だよ。信一さんとうまくいかないかな」

「そうだよね。見た目で判断しないでくださいと言いたいですね。」

「見た目だって、悪くないですよ。佐々木さんほどではないですが」

「それ、何ですか」

紀子は、学から言われると、顔を赤くした。言ってしまった学も、顔が赤くなっていた。


最後のテーブルには、信一を含む男子三人と女子四人が、イチゴジャム作りを終わろうとしていた。女子と話すことが苦手な信一が、初対面の中で、自分をアピールできるのだろうか。実行委員の仲間たちは、みんな口には出さないが、自分の次に信一のことを心配していた。学は少し離れたところから、そのテーブルを見ていた。ジャムづくりには、積極的に参加しているように見えたが、話は信一の真向かいに座っている田中勇樹が指導権を握っていた。二十七歳、ネギ農家。信一と同じネギを栽培している。二人は知り合いらしい。

「田中さんと真田さんは、ネギの栽培で生活をしているのですよね。収入は、どのくらいなのですか」

茶髪の女性が聞いた。佐藤幸恵、三十歳、会社員。少し短めのスカートをはいていた。

「あの、プロフィールにも書いたのですが、家族三人で、ネギを生産しているのですが、約八百万です」と、田中が答えた。

「結構儲かっていますね。真田さんのところは」

「私一人でしています。ただし祭日や忙しい時期はパートさんを頼んでいるのですが、粗収入が五百五十万円というところです。そこから返済や材料費などの経費をひくと、手元に残るのは二百五十万円というところかな」

「田中さんのところの八百万円というのは、手元に残る三人分の金額ですか」

「いや、ここから真田さんの言うように、いろいろと引くと三人で五百万かな」

「ありがとうございました。答えづらい質問に答えていただいて。でも大事なことだと思いまして」

佐藤のプロフィールを見返していた紀子が、

「経理担当と書いてありますね。でも信一さんの答えの方が正直で良かったですね」

「信一さんは、一人でやっているから、税金の申告も自分でしなければならないから。だからそのへんは強いね。ちなみに佐藤さんの年収いくらって書いてありますか」

「二百四十万円だそうです。込みの金額ですね。私より、若干多いですね」

「佐々木さん、結構もらっていますね。信一さんは優秀な人ですよ。俺なんかより真面目に農業と向き合っているし」

「聞いてもいいですか。学さんはどのくらいですか」

「そうきましたか。うちも親父とお袋三人で働いて、俺は、アルバイト的に知り合いの酪農家から、人工授精などではいる金があるけれど、手取りに直すと三百いくかいかないかというところだね。

ひょっとして、佐々木さんうちの原乳の売上知っているよね」

「それは私の口からは言えません。個人情報なので」

「まいったな。嘘は言えませんね」


「それでは、本日の目玉企画、バーベキューも食べていただきました。いよいよ最後です。これからカードを配ります。そこに自分の番号と名前をまず書いてください。その後、第一、二希望まで、書くスペースがあります。書き終えましたら、この箱に入れてください。男性は右、女性は左の箱です。何か質問ありますか」

「すいません。一人しか書かなくてもよいのですか」真ん中あたりに座っている青年が質問した。

「それは個人の自由です。意中の人が一人しかいなければ、第一希望だけで結構です」

先ほどまでの笑い声や話し声が消えて、静まり返った。

「佐々木さん、配ってくれますか」

「なおこのカードは、公平を期するために、また個人情報としまして進行役である私と、佐々木だけで開封します。参加している実行委員の人も、その場で待っていてください」

配り終えて、紀子が戻ってきた。

「さ、それではどうぞお書きください」

「なんだか緊張してきましたね」紀子が、学にささやいた。

随分長い時間が過ぎたように感じた。最初の人が立ち上がり、歩いてきた。時計を見ると、まだ三分ほどしか経っていない。

「投票が済んだ方は、結果が出るまで書いている人の邪魔にならないよう静かに待っていてください」

書き終えた人が、並びだして箱に入れていく。仁は笑いながら、信一は真剣な顔で、博は力が抜けたようにボーッとしながら、雅子は力強い歩きで、洋一は頭を掻きながら投票した。

「全員終わりましたか」

「四十名全員終わりました」と、紀子が言うと、

「それではこれから開票に移りますので、しばらくお待ちください」

学が男性の箱を、紀子が女性の箱をもって、ハウスの隅にある事務室へ運んで行った。

二人とも無言で、箱の裏側から手を入れてカードを取り出した。あらかじめホワイトボードに男性の名前を上に、下に女性の名前を書いておいた。まずは男性から、一人ずつ希望した線を女性のところまで伸ばしていった。次に女性のほうから、男性のほうへ引いた。両方から引かれていればカップルの誕生である。

その結果、四組が結ばれていたが、学と紀子は、そのうちの三組だけは発表することにした。

理由は、もし仲間内同士がカップルとして成立した時は、発表は控えるということを、他の実

行委員には相談しないで、急遽二人の間で話しあって決めていたのだった。

学と紀子は、三組の番号と名前を画用紙に一組ずつ写し取ると、みんなが待っているところへ歩いて行った。

四十名の男女が、シーンと静まり返っている。


「大変お待たせしました。それではこれから発表させていただきます。まずはカップルになられたのは、三組です。これからカップルになられたかたの名前を呼びますので、呼ばれたひとはこちらにおいでください。まずは一組目です。男性十五番成田秀樹さん、女性八番の町田美奈代さん、みなさん拍手をどうぞ。お二人前へおいで下さい」

恥ずかしそうに成田が出てきたのに比べて、どうどうと出てきたのは町田さんのほうだった。

「それでは二組目です。男性十二番中田義男さん、女性十七番須道君江さん、どうぞこちらへ。おめでとうございます。残り一組です。男性五番養田仁さん、女性十八番大野康子さん、本当におめでとうございます」

仁が、目にうっすらと涙を浮かべて歩いてくると、それに気づいた紀子が、後ろを向いて涙をふいていた。学はぐっとこらえてマイクに向かった。

「まずは主催者から、カップルになられた三組の皆さんに、デート代としまして、お祝いを差し上げたいと思います。広木組合長お願いします

「カップルになられた三組の皆さん、おめでとうございます。私も感動しています。カップルになられなかったみなさんも、ここで気落ちせずに、ここからが勝負です。頑張ってください。それでは、ほんのわずかではありますが、これからのお二人のためにお使いください。おめでとうございます。カップルになられた皆さん、大事なのはこれからですよ。これで終わらないでくださいい。吉報を待っていますよ」

学が、テーブルに座っている仲間たちを見回すと、信一があらぬ方を向いているのに気づいた。「雅子さんは、俺のこと書いてくれなかったのかな」信一はそんなことを考えていた。雅子は雅子のほうで、「信一さん私を書いてくれなかったんだ。まあ仕方ないか」と、諦めていた。学が発表を終わると、心の中で期待していたことが実現しなかったことに、信一と雅子は落胆していたのだった。参加者のほかの人たちも、カップルになれなかった人は、元気がなかった。

博や洋一も、期待が外れて、言葉がなかなか出てこなかった。仁一人が、元気だった。片付けも終わり、応援に来てくれた農協の職員を見送り、実行委員だけが残った。

「お疲れさまでした。みんなに一つあやまらなければいけないことがあります」

「なんかしたの」と博が聞くと、紀子が答えた。

「実はもう一組カップルが誕生していたのですが、実行委員の中でありましたので、委員長と私の判断で、あの場での発表を避けました」

「信一さん、雅子さん、おめでとうございます。広木組合長に理由を説明したら、理解して下さり、二人にとお祝いを置いていってくれました。デート代です」

　雅子が子供のような顔で泣きだした。

「雅子、どうしたの」

「諦めていたのに。なんだか嬉しくて、嬉しくて」

「ごめんなさい。参加者のことを考えていたら、発表できなくなってしまったの。実行委員同士を発表してしまったら、みんなからブーイングの嵐になりそうだったので」

「そうだよな。その判断は正しいね」仁が言った。

「雅子さん、本当に書いてくれていたんですね。ありがとうございました」

「信一さんこそ書いてくれて、ありがとうございます」

「俺と洋一だけか。まあ今回は諦めるか。仁さんがカップルになれたのだから、良しとしましょう」と、博が言った。

「俺もいるよ」学が笑いながら手を挙げた。

「でも仁さん頑張ったね」洋一が拍手を送っている。

「俺、ダメもとで書いたんだ。だって相手は小学校の先生だから。俺は高校中退だろ。つり合うはずがないなと思いつつも、大野さんには、小学五年生の娘さんが一人いるというから、俺にも娘がいたんだ。確か今五年生で同じだって。それから話が続いたね、今度三人で映画でも見に行きましょうということになってしまった」

「仁さん、このチャンス、ぜひつかんでくださいよ。俺たち応援しますから」博が、涙ぐんで声をかけた。

「信一。お前もやるじゃん。雅子さん。こいつは本当にいいやつで、ただ口下手で、自分の考えをなかなか言えないところがあるんだよ」

仁が信一の肩を抱きながら言っている。信一は、仁の言う事に、頷きながら聞いていた。

「わかっているつもりです。なんだか初めて出会ったときから、引かれるものがありました。ブスで、ちびの私ですが、信一さん、よろしくお願いします」

雅子は、信一の両手を自分の両手で包むように握った。

「雅子、いつの間にこんなに積極的になったの。中学時代からの付き合いだから、かれこれ十年以上になるけれど、私を追い越していくなんてね。想像もつかなかったな」

紀子は、うらやましそうに雅子と信一の行動を見つめていた。

「さあ、俺たちも引き上げようか。後日反省会かねて打ち上げをしますから。その時はよろしく」

学が言ってお開きになった。

冬休みに入って、仁と大野親子は三人で映画を見に行くことになった。待ち合わせの場所は熊谷駅北口を出てすぐ目の前にある、ファミリーマートの駐車場とした。大野親子は一つ東京よりの行田に住んでいて、電車で来るという。時間は約束の午前十時になろうとしていた。

仁は着ていく洋服であれこれ悩んだ後、着なれたものが良いと思い普段着のジーパンにアディダスのジャンバーを着ていた。車は一昨年購入したランドクルーザーだった。仁が自慢できることは、いつもピカピカに車を光らせていることだった。待ち合わせの十時を十分過ぎても来なかった。

十五分過ぎたので、メールをしようと思っていたところへ、康子と娘が手をつないで歩いて来るのが見えた。仁は車から降りて、手を挙げた。

「ごめんなさい。遅れてしまいました」と康子が頭を下げると、

「初めまして。大野千鶴です。よろしくお願いします」と、隣にいた女の子が自己紹介をした。

「こちらこそよろしく。養田仁です。イオンの映画館なら、いろんな映画がやっているから好きなもの見られますよ。車に乗って下さい」

「この車ですか。ピカピカに磨いてありますね」康子が言った。

「トラクターと車を磨くのが趣味でして」

仁が後部のドアを開けると、二人は乗る前に、中を見回した。

「わ、中もきれいですね」と言いながら、大野親子は後ろのシートに座った。

「お母さんの軽自動車とは、乗りごこちが全然違うね。シートがふかふかしているよ」

「それでは発進します」

仁の思い描いていた娘像は、もっと幼いもので、千鶴とは違っていた。俺の娘は、どんな風に育っているのか。片親ということでいじめなどにあってはいないだろうか。今頃考えても仕方のないことだと思いながらも、父親として何もしてあげられない自分が情けなかった。

千鶴に合わせてディズニーのアニメ映画を見た。冬休みで、映画館は満席に近かった。映画を見終えると、午後一時になろうとしていた。イオンの中にあるレストランで食事をすることになったが、康子と千鶴で食べたいものが合わなくて、なかなかお店が決まらなかった。

「ごめんなさいね。いつもこうなのです。お互い譲らない性格なものですから。仁さん決めてください。千鶴それでいいでしょ」

「私あんまりこういうところで食べないもんですから、二人に決めてもらった方がありがたいのですが」

「それでは、お母さんジャンケンね。いい。最初はグ、ジャンケンポン。お母さんの勝ち」

千鶴は、あっさり負けたが悔しい様子も見せなかった。お母さんの入りたかった方へ入った。和風のレストランだった。三人が席へ着くと、

「まるで友達感覚でいいですね」

仁は、素直に見た感じを伝えた。

「そうなのですよ。私を母親と思ってないところがあるのですよ」

注文した料理も、三人バラバラだった。

「食事が終わったら、もし時間があれば、家へ寄っていきませんか」

「千鶴、養田さんの家に寄って行く？」

「うん、行きたい。牛がたくさんいるんでしょ」

「そういうことですので、よろしくお願いします」

「良かった。ここから三十分ほどですから」

「ミルクを搾る牛がいるんですよね」

「そうですよ。昨日生まれた赤ちゃんもいます。牛の赤ちゃんは、生まれると、すぐに立ち上がろうとするんですよ。何度も何度も足を滑らせて、転びながらね。立ち上がるとお母さん牛のおっぱいをさがすんです。よろよろと、あちこちにぶつかりながら。お母さん牛はそれを、そっちじゃないよと言いながら、頭でおっぱいのほうへ持ってくるんです。子牛は本能的に、生きていくためにおっぱいを飲もうとするんですね。ヒトは手が使えるから、お母さんは赤ちゃんを抱いて、自分の乳首までくわえさせてあげられるけれど。そんな光景を見ているとね、牛飼いやっていてよかったなと思うんです」

「いい話ですね」と、康子が言う。

「いいことばかりではないんです。面倒を見ない親もいるから。難産で、苦しい思いをしたんでしょうね。産んだ後、子牛を蹴飛ばしたり、見向きもしないで知らんぷりしている親もいるんですよ」

「かわいそう、赤ちゃんが」と、千鶴が答えた。

「そういう時は、子牛を親からすぐに離して、ドライヤーで乾かしてやるの。冬場などは凍死してしまうことがあるからね」

「大変なお仕事ですよね。朝早くから夜も遅いのですか」

「個人の自由ですので、わが家は朝が六時から、夕方の搾乳も六時と決めてあります。ほかの酪農家にくらべると、ゆっくりのほうですね。昼休みは、畑仕事があるときは別ですが、普段は二時間は取ります。冬場は仕事がないので朝夕の搾乳と餌くれが終われば暇です」


二人を乗せ、仁の運転するランクルが、牛舎の前に止まった。仁の家へ向かっている車の中で、康子がなぜ千鶴と二人で暮らしているのかを、ぽつりぽつりと話だした。

「千鶴が三歳の時に、夫は中学の先生をしていたのですが、健康診断で食道がんが見つかり、ステージ3ということで手術をしたのですが、半年後三十二歳という若さで亡くなりました。ですから千鶴には、父親の記憶があまりというかほとんどないのです」

千鶴は、康子の話を黙って聞いていた。

「私は、二十八歳で結婚して三十一歳の時に女の子が誕生したのですが、娘が三歳になりひな祭りを迎えようとしていた時でした。奥さんが実家に子供を連れて帰って行ったのです。一泊したら帰ると言っていたのが、それきり帰らなかったんですよ。でもね、私の中ではね、いつか娘の手を引いて戻ってくるような気がしていて待ちました。そしてあっというまに、四十二歳になってしまいました。諦めが悪いんですね。最近年老いていく親のことを考えると、孫の顔を見せてやりたくて」

「孫ですか。そうですよね。私では無理かな」

仁はバックミラーに写った康子が一瞬寂しそうな顔をしたように見えた。

「いいんですよ。無理なら無理で。どうしてこんな話になってしまいましたかね。あの角を曲がると、私の家です」

車が止まると同時に、玄関の引き戸があき、腰の曲がった母親と、その後ろから白髪頭で、どことなく仁の顔とよく似た父親が出てきた。

「よく、来てくださいました。何にもないですけどお茶でも上がってください」

母親がニコニコしながら言った。

「すいません。さっき大野さんたちが家に寄るからと、電話を入れておいたものですから」

「ありがとうございます。大野康子と申します。娘の千鶴です。ずうずうしく、付いてきました」

「いいんですよ。何にもありませんが、寄って行ってください」母親が言う。

「わたしの母と父です。順番が逆だったかな。一丁前に緊張していて、普段使わない言葉なんて使うものだから、もう普段の俺に戻ります。俺の親父とおふくろです」

「仁は、俺に似て気が小さいもんだから。まあ、そのぶん正直に生きてきたんですよ。人にも牛にも嘘は付かないですよ。付かないのではないな。付けないんだな。息子としては、そこがいいところかもしんねえな。なあ、かあちゃん」父親が口を開いた。

「いい息子さんじゃないですか」と、康子が言った。

「親父よ、あんまり余計なことは言わないの」

仁は少しむっとした気持ちになっていた。千鶴は仁の子供のような顔の変化を見逃さなかった。我慢しようと笑いをこらえていたのだが、仁の顔を見ていて、それは大人の人の困った顔で、千鶴は今まで見たことがない顔だった。笑い出してしまった。それにつられるように康子や母親が笑いだすと、仁も、笑い出したのだが、千鶴が何で急に笑い出したのかは、わからなかった。


広い玄関で靴を脱ぐと、まっすぐに廊下が伸びていて、手前の左側に応接室、右側はキッチンとなっていた。仁が二十年のローンで五年前に建てた家だ。土地はいくらでもあったので平屋の家も考えたが、結婚したら二階に仁たち家族が住みやすいように考えて、設計してもらった。建坪六十坪の洋風の家だ。

応接間に入ると五十インチのテレビが壁についている。レザーでできたソファーがテレビに向かって並んでいた。母がお茶と千鶴用にジュースのペットボトルを持ってきた。

「おふくろ、牛乳はないの」

「うちは牛やだもの。お茶よりミルクのほうが良いかね。ミルク好きですか」と、母親が聞くと、

「もちろん、大好きですよ。一日一リットルのパックがなくなるくらい飲みますね」と、康子が言うと、

「そんなに好きなんですか。嬉しくなりますね。おふくろ、朝搾ったミルク、バルクからとってくるから。温めて出してやって。一緒に行きますか」仁が、二人を誘った。

「ハイ」康子と千鶴の返事が、同時だった。

仁はキッチンから、中くらいのナベを持ってきて、康子と千鶴を連れて、玄関を出ると牛舎のほうへ歩いて行った。

「想像していたより牛臭くないですね」康子が素直な気持ちを言った。

「そう言っていただけると、ほっとします。今はこの辺も、住宅がどんどん増えてきていて、ハエが出たりすると、苦情を言われるんですよ。お前のところの牛のせいだなんて。臭いもそうなんです。だからいろんな花を植えています。見た目できれいに見えるように、この時期は，花があんまりなくてハボタンぐらいですかね。春から秋までの季節は、牛舎の周りはお花畑になりますよ」

「大変ですね。私が隣に住んでいたら、他人事のように臭いなんて言ってしまうかもね。学校も

同じです。昔の先生は、手を上げて叱れたけれど、今、子供を叱るにも遠慮しながらですから。先生の威厳なんてどこかへいってしまいました」

「俺なんか、よくたたかれたね。なんかあるとすぐ呼び出されて」

「まあまあ、昔と今は違うでしょ」

「千鶴ちゃんに言われては、お手上げだね。これがね、搾った原乳、ミルクを冷やしておくタンクなんです。千リットル入るんですよ。今朝搾ったのが冷やされてあるので、ここからナベに取ります」

仁は、バルククーラーの下についてるコックを回し、少しずつナベに牛乳を満たして半分ぐらい取ると、コックを閉めた。

「味見してみたいな」

「ナベから直接でよければ飲んでみる」

「千鶴、やめておきなさい」

「ちょっとだけね」と言いながら、仁が千鶴の口元へナベを持っていくと、口を付けて飲んだ。

「うーん、甘いな。いつも飲んでいる牛乳と違うよ。とってもこいよ。お母さん、飲んでみて」

「どうぞ、遠慮しないで」

康子にナベを手渡すと、康子は両手で持ち、恐る恐るナベに口を付けた。二度ほど飲むと、

「うん、うん、おいしい。ほんとだ、濃厚ですね」

「冬場はね、牛さんたちが出してくれる乳は、脂肪分が高くて、四・五パーセントぐらいあるんですよ。売られている牛乳は、三・五パーセントまで脂肪を抜いてしまうんです。それから、ホモゲナイズと言って脂肪の粒と言えばいいのかな、大きな粒を小さくするために機械で脂肪球をつぶすんです。その分、飲みやすくなっていると思うのですが」

「よくわかんないけど、こっちのほうが好きだな」千鶴が言った。

バルク室を出ると、真ん中に通路がありお尻をあわせ、牛達が二列に並んでいた。三人が入っていくと、横になっていた牛も、立っていた牛も、一斉に顔を向けた。

「ウワー、みんなこっちを見ている」千鶴が驚いている。

「それから、これが昨日生まれた赤ちゃんです」

親牛たちの列の手前に、二頭の子牛が四角い部屋にいた。仁は小さい方の子牛の頭をなでながら言った。

「こんなに大きいのですか」

「この子は、四十五キロぐらいだね」

「私より重いんだ」、と康子が言うと、

「お母さん、そんなに軽かったっけ」と、千鶴が漫才をしているみたいに言葉を返した。

康子は、言葉を一瞬無くしたが、

「ばれたか」と言い、笑い出した。

「いいコンビですね。ボケと突っ込み。漫才見ているようだね」

仁はニコニコしながら、人差し指を子牛の口の前に持って行くと、子牛は、チュウチュウと音をたて吸い出した。

「牛の前歯は下の歯しかないから、かまれないよ。奥の方はあるからかまれるからね。指を真っ直ぐ入れてごらん」

「千鶴、やってみて」

「こういうのは、何でも私が実験台だものね。ハイハイ」

千鶴は、おっかなびっくり指を持って行くと、子牛はすぐに吸い付いた。

「気持ちいい。お母さんもやってみて」

康子が指を出すと、子牛は口の周りを泡だらけにしてなめた。

「ウーン、感激」

「あれ、お母さん牛たちが心配そうに、こっちを見ているよ」

康子が顔を前方に向けると、通路挟んで顔を出して繋がれている親牛たちが、全頭こちらを見つめていた。

「ごめんなさい。いじめていませんよ」

康子は、真剣な顔つきで、牛たちに頭を下げた。

仁は、そのしぐさがかわいくて康子がいとおしく思えた。心の中で、この人たちと、一緒に住みたいと思った。自然に笑いがこぼれた。

「仁さん、ここ、笑うところではありませんよ。あれ、千鶴まで笑っているね」

「康子さん。素直なんですね」

「いや、臆病なだけなのです」

「もっとミルク飲みますか」

「ハイ、いただきます」

「あれ、お母さん、赤とんぼがいるよ」

「どこに」

千鶴が指さす方向を、康子と仁が見つめると、羽が傷ついたアキアカネが、牛舎の柱に止まっている。

「ホントだ。疲れているみたいだね。もう卵は産み終えたのかな」仁が感慨深げにつぶやくと、

「この時期、珍しいですね」と、仁の肩に康子の肩が触れた。

「絵になるよ。お二人さん」千鶴がVサインを送っている。

「大人をからかうものではありません」康子の顔が真っ赤になったのに、仁は気づいていた。

新しい年が来ても、信一と雅子たちには何にも起きていなかった。実行委員が集まっても、仁

と康子の話になると、みんな夢中で話をしたが、信一と雅子のことについては、あえて触れない雰囲気があった。

「紀子、信一さんの誕生日が一月の二十五日だということ知っていた？」

雅子からの電話だった。

「そうなんだ。さすがチェックしているね」

「このままではね、せっかくのチャンスが水の泡になるでしょ。だから、私から誘ってみようと思うの。どうかな」

「いいと思うよ。できることがあったら応援するからね」

「もし、うまくいって招待状なんか届いても恨まないでね」

「もちろんよ。頑張れーマサコ。頑張れーマサコ。応援するよ」

「ありがとう。じゃあ見ていて」

雅子は変わったと思った。中学、高校と一緒だった紀子は、控えめで、自分の意見をなかなか言わないタイプだった雅子が、自分から告白をしようとしている。そんな変化のできた雅子がうらやましくあった。

紀子に自分の決意を聞いてもらった翌日の夜、雅子は震える手を押さえるようにして、両手で携帯を握りしめて、信一に電話をかけた。呼び出しが七回までに出なかったら、諦めて切ろうと思っていた。

（一回目、二回目、出て、三回目、早く、四回目、駄目かな、五回目）

「モシモシ、真田ですが」

（やった。出たよ）

「信一さんですか。雅子ですが」

「あ、どうも。久しぶりです」

「今、電話大丈夫ですか」

「ハイ、大丈夫ですよ」

「信一さんの誕生日、今月の二十五日でしたよね」

「はい、そうですが」

「その日は、あいていますか」

一瞬、間があいたが、信一は答えた。

「今のところ、何も予定がありませんが。たぶんこれからも」

「良かったです。それでは私とデートしてください。誕生日のお祝いをしたいので」

先ほどより長い間があった。

「ありがとうございます。よろしくお願いします。本当は、ぼくのほうから誘わないといけないと思っていたのですが。なかなか勇気が出なくて。ごめんなさい」

「あの、お願いがあるのですが」

「何でしょうか」

「他の人には、黙っていてもらえますか」

「わかりました」

「後でまた連絡します」


信一の誕生日まで、一週間となった夜、雅子は今度は震えることなく電話をかけていた。

「もしもし、信一さんですか」

「雅子さんですね」

「誕生日の日なんですが、夕方何時ごろ仕事終わりますか」

「ネギのほうは今、そんなに急ぐ仕事はないので、雅子さんの時間に合わせますが」

信一はとっさに嘘をついた。パートさん二人と毎日ネギを掘り起こし、もちろん、数年前までのようにスコップで人間が掘り起こすのではなく、ソフィーというネギを掘り起こす機械を使うのだが、掘り起こされてくるネギの泥と枯れている葉をその場で落とし、その後方でネギをそろえて束ね、軽トラックまで運んでいく。作業場では、運ばれてきたネギを、コンプレッサーを使いきれいに皮をむき、箱詰めにするのだ。ネギの出荷は一年を通してあるのだが、赤城おろしが吹くこの時期は、ネギは甘みを増すのだ。信一の作付け体系では、ネギの出荷の最盛期を迎えていたのだった。

「良かったです。それでは海に行きませんか。夕方七時ごろ出れば、ゆっくり行っても十二時までには着きますよね」

「あのどちらの海ですか」

「太平洋です。茨城の大洗まで。新潟の海は、今は雪の中ですから」

「海に行って、何をするのですか」

「花火を上げるのです」

「冬の海の夜中に、花火ですか」

「だめですか」

「雅子さん、面白いですよ。行きましょう。仲間たちを誘いたいところですが、内緒なんですよね」

「はい、そうです。待ち合わせの場所と時間はまた後で連絡します」

「楽しみに待っていますよ」

「二人にとって忘れられない良い誕生日にしますからね」

「ありがとう。おやすみなさい」

一月二十五日、待ちに待った信一の誕生日。信一の運転する助手席に、雅子が座っている。雅子の家の近くのコンビニで待ち合わせした二人は、上武国道で群馬県の伊勢崎まで走り、そこから高速に乗り、東北自動車道を経由して、大洗を目指していく予定だ。

「お腹すいていませんか。おにぎりと漬物を用意してきました。それから、ポットに熱いお茶もありますよ。食べたくなったら、言ってくださいね」

「それじゃ、おにぎりいただきます。昼間食べている間がなかったのでね」

「いっぱい作ってきましたので、まずはこのおにぎりをどうぞ。漬物とお茶はここへ置きます。高速に乗る前に食べてくださいね」

上武国道に乗ったのが八時近かった。車の中は、暖房がきいていて上着を脱いでいたが、外は風が強く、寒い夜だった。

ラップをはがして、信一におにぎりを手渡すと、

「まだあったかいですね。いい塩加減です。中身は鮭ですね」

「ピンポーン、正解です。私もいただきます」

「一つ聞いてもよいですか」

「どうぞ」

「ぼくの誕生日と冬の海での花火は、どういう関係にあるのですか」

雅子は少し考えた後に話し出した。

「怒らないで聞いてください・実は、私の夢だったんです。好きな人ができたら、夜の海で打ち

上げ花火を一緒にするということが。

実はですね、私の父は、自衛隊に勤務していたのですが、家では非常に厳しい人でした。私が小学四年生の夏休みに、家族でどこかへ行こうということになって、母と父が話し合って、海でキャンプをすることになったの。私と弟は言われるままに付いていったんです。電車とバスを乗り継いで着いたところは、大洗だった。父は、嬉しそうにテントを松林の中に張り、テントと言っても、自衛隊で使っていたものらしく草色のテント。周りのテントは黄色とか赤色とか派手なものばかり、夜寝ているとロープに足を引っ掛けられて何度も倒されました。歩いている人が気付かないのです。ご飯は、自衛隊で食べている缶詰のご飯。おいしいとは言えなかったけれど、キャンプだから満足していました。

二泊三日の二日目の夜に、父がですね花火をやろうと言い出したの。後で母から聞かされたのですが、家族みんなで花火がしたいと父が言い、花火をだれにも迷惑をかけないでできるところは、海しかないだろうと言うことで、海に来たのだそうです。どうして父が花火をしたかったのかは、謎なのですがね。その時の砂浜で、打ちあがる花火が、心に残ったの。今から思えば、父の無邪気な喜びようが忘れられなくなっているのかな。母も私も弟も、多分あの時の花火を忘れていないと思います。だから、好きになった人にも味わってほしかったのです」

「そういう素敵な思い出があったんだ。それで、好きな人ができたら、夜の海の花火の思い出を、共有したいと考えたわけだね。良くわかりました」

「私の考え方、変ですか」

「いえ、全然変じゃないと思いますよ」

車は、順調に高速に乗った。

「あんまり飛ばさなくて良いですよ。わたし、明日休みを取ってきましたので」

「わかりました。ぼくもこの高速初めて走るので。ゆっくり行きます」

「サンライズビーチ。海で日の出を見ましょう」

「それも雅子さんの夢だったんですか」

「ピンポン、正解です。ひとつお願いがあるのですが」

「何ですか」

「雅子さんの、さんはいりません。雅子と呼んでください」

「えっ、呼び捨てでいいのですか。勇気がいりますね」

「私は、シンちゃんと呼びたいのですが、良いですかね」

「どうぞ、かまいませんよ」

「練習しましょうか。私がシンちゃんと呼んだら、雅子と返してください。いきますよ」

「シンちゃん」

信一からの反応がない。

「シンちゃん。早く」

「マ・サ・コ。言えました。ぼくの手のひら触ってください」

ハンドルから左手を放して、雅子のほうへ伸ばすと、

「汗でびっしょりですね。ふいてあげます」

「ぼくは、人生初めての経験を今夜はたくさんしています」

「私もです。私の手の中も、汗でびっしょりです」

「もうじき、十時になりますね。パーキングで休憩しますか」

「大賛成です」

「了解しました」

「東北道にもうすぐ乗りますから、そしたら最初のパーキングで休憩しましょう」

「あの、そこは小さいパーキングで、北関東道に入ってすぐのところに、道の駅壬生というところがあるそうです。そこで休憩しましょ。まだできたばかりで新しいところですよ」

「調べてきたんですか」

「はい。私の人生がかかっていますので……なんて。少し大げさですかね」

「なんだか、ぼくも二十代に戻ったような感じがしてきました。雅子さんーじゃなくて、マサコといると楽しいです」

東北道にはいると、夜の十時を過ぎているのに、北関東道に比べ車の量が多くなった。道路も三車線になり、大型トラックが北へ目指しているのが目立っていた。

二十分ぐらい走っただろうか。大きく右にカーブして東北道を離れ北関東道に入ると、真っ暗だった。前方にも、後方にも車のライトが見えない。町の灯りもしばらく見えなかった。

「急に山の中に入った気分ですね」

「ゆっくりとマイペースで走れていいじゃないですか」

「そうだね。もうそろそろ道の駅ですよ」

「おにぎり食べられますか。たぶんレストランまだあいていると思いますから、ラーメンでも食べながら、おにぎりも食べましょ」

「いいですね。漬物もいただきます」

本線から、左に折れていくと、ライトに照らされてログハウスのようなしゃれた建物が並んでいた。

「車、結構止まっていますね」

「ここを出ると、笠間までサービスエリアないからですね。まずはトイレへ寄って、それから食事にしましょ」

「熊谷より寒いですね」

「冬の海はもっと寒いですよ。きっと」

雅子がトイレから出ると、信一は寒さに震えて外で待っていた。

「中で待っていてくれればよかったのに」と言いながら、雅子は信一の手を取った。

「こんなに冷たくなって。さあ行きましょ」

レストランの中は、暖房がきいていて暑く感じた。二人は味噌ラーメンの食券を買った。信一が財布からお金を出そうとしているが、手がかじかんでなかなか出せないでいると、

「高速代かなりかかりますから、ここは私が出します」

「マサコ、何から何まで悪いですね。ごちになります。帰りの時は出すからね」

テーブルに着くと、手提の中から、ラップに包んであるおにぎり二個と、タッパーに入った漬物、そしてポットを取り出した。

タッパーをあけると、漬物の香りが飛んできた。信一には、懐かしく感じられた。

「この漬物、マサコが漬けたんですか」

「キュウリは、夕べ塩もみしただけなのですけど、他はおばあちゃんのぬか漬けです。おばあちゃんにはかないません」

「いい味だしているよね」

「わたしは、この漬物で育ったようなものですから」

「おにぎりも、コンビニのおにぎりより、比べ物にならないくらいおいしいよ」

「これは、母から伝授されました」

「マサコの家族は、何人いるの。うちは、もうじき七十歳になろうとしているおふくろと二人。親父は、六年前に病気で亡くなりました。近くには、親戚がいるけどね」

「わたしは、八十二歳になるおばあちゃん、陸上自衛隊を退職した六十歳の父、五十五歳の母、母はパートで働いています。それから二十四歳になった会社員の弟。五人家族です。父はですね、農業がやりたいとか言って、近所の農家へアルバイトに行ってます。ネギ。農家ではないみたいですが。自衛隊でボディービルとかやっていたので、キン肉マンでして、力はあるから、農家の人から喜ばれているみたいです。おっぱいがぴくぴく動くのですよ」

「それはすごいですね。ところで、今夜は何と言って出てきたの」

「もちろんシンちゃんのことはまだ家族には言ってないので、紀子の家に泊まると、うそをついてきました。家族にうそをついたのは、生まれて初めてではないけれど、なんだかヤバイ気持ちです。シンちゃんは、お母さんに何と言ってきたの」

「似たようなもんです。仁さんと飲み会だって、酔っぱらったら泊まって来るよと、うそを言ってきました。まあこの年齢になって、心配する親もいないでしょうが」

「わたしなんか、心配されていないようで、信じられているのか間違いはしないと思い込んでいるみたいで、あんまり口うるさくは言われないです。弟には、家を継いでもらうから、口うるさく言っているみたいですけどね」

ラーメンが出来上がったことを知らせるブザーが鳴ると、二人は同時に立ち上がり、並んで取りに行った。

湯気が上がっているラーメンを持ち帰りテーブルに着くと、申し合わせたように二人は「いただきます」と手を合わせた。

「あったまりますね。うまい」

「おにぎり、ラーメンの中に入れて食べますか。麺を食べて減らしてからね。きっといけますよ」

雅子のやっているように、信一は麺を半分ぐらい食べたところへ、おにぎりをそのまま入れて、お箸で崩した。かたまりがなくなるまで丁寧にやった。

「さあ、食べてみます。マサコの愛情ラーメンオニギリ」

信一はレンゲでごはんをすくい口の中に入れた。信一はこの時ふと、今夜の自分はよくしゃべれるなと思ったのだ。女生とデートするのも初めて、言葉がこんなに出てくることが信じられないでいた。そのことは悪いことではない。このまま進むだけだと。


「うまいな。何とも言えない懐かしい味だ」

「ホントだ。いけますね」雅子も一口食べた。

「初めての経験ですか」信一が聞くと、

「そう、なんだかうまいのではないかなと思ったので。うん、いけるな。これ」と、雅子は考えていた以上に美味しかったので、ほっと胸をなでおろした。

「さあ、腹も満たされました。あんまり飛ばさなくても、ここから一時間というところですね。十二時ごろには着きますね」

「車、出発します」

「了解しました」

車は真岡を通り過ぎると、筑西市、笠間に入り友部から水戸を通り過ぎると、大洗のインターの案内が見えてきた。

「あの、うちの近くに桜並木があるんです。そこは備前堀と呼ばれている農業用水路て、利根川の水を利用するために、江戸時代に現在の本庄市から水路を堀、それも人間の手で掘っているんですが、深谷、熊谷を通り抜けてまた利根川に合流するんですよ、その堀を一年で掘ったらしいのです。たしか、長さが二十三キロもあるのですよ。すごいですよね。エジプトのピラミッドもすごいですけれど、備前堀もすごいですよね。

その川べりにソメイヨシノでなくて、カンザンという八重桜を、わたしが小学校に上がる前だったかな、植え付けしたんです。そのカンザンが立派に成長して、ソメイヨシノが散ってから、そうですね二週間ぐらい遅れて、濃いピンク色した八重の花を咲かせるんですよ。花が大きくてね、散るときもまたすごいんです。堀を流れる水面が、ピンクの花びらで覆われるんです。わたしの夢は惚れた人ができたら、その桜を一緒に見る事なんです」信一は独り言のように話した。

「その役、わたしでいいのですか」と、雅子は運転する信一の横顔をみつめながら、願う気持ちで言った。

「お願いします」と、信一は前方に頭をさげた。


「いよいよ海ですね」

「星がたくさん見えます」

「高速降りたら、コンビニへ寄ってくれますか」

「希望のコンビニはありますか」

「セブンでもローソンでも、どこでも良いですよ」

インターを降りて、標識に従い大洗方面に左折すると、信号の先のセブンに止まった。

二人はコーヒーを買った。扉を開けてカップを取り出すと、コーヒーの香りが漂ってきた。

「いい香りだね」

そばにいた信一が、雅子からカップを受け取り、フタをする。

「ここから、海岸までどのくらいかかりますか」

雅子が店員に聞いている。

「五分ぐらいですよ。この道をまっすぐ行くとサンビーチという看板があります。そこを左折するとすぐ海岸通りですよ。確か二ケ所かな、車が入れるところがありますから」


店員の言うとおりに浜辺に着いた。広い駐車場の前に海があるのだが、堤防ができていて海なりの音だけが聞こえる。駐車場には、四、五台の車がそれぞれ離れて止まっていた。

車を降りた信一は、目の前に続く堤防を見つめていた。

「この土手を越えないと、浜辺には行けないみたいだ。行ってみますか。この堤防は三月十一日の大地震の後にできたんだね。覚えている。午後二時四十六分、ネギの植え付けをしていたんですよ。

そしたら、立っていられないくらい地面が揺れて。なんだ、これは大変なことだと。機械を止めて、走って家に帰ったら、おふくろがテレビの前で涙をこぼしていた。信じられないような津波がきて、家や車が流され、破壊されていった。言葉では言い尽くせない風景が、映像として記録され繰り返し流れてきた。原子力発電所が爆発を起こし、放射能が拡散し、福島の人々が避難を始める」

信一は、この高く土を固めた堤防を見て、惨劇を思い出していた。漆黒の海には、まだ帰れない魂が浮遊している。

「信一さん、どうかしましたか。怖い顔していますよ。花火を持って行きますね」

雅子は、後部座席に置いておいた、手提げ袋を左手に持った。右手で信一の左手をつかんだ。

土手を超えると、立ってはいられないくらい強い海風が吹きつけていた。

「堤防ひとつで、随分変わりますね。こちらでは、風が強くて花火は無理だね」信一が雅子に伝

えると、

「そうですね。戻りましょ」と、雅子は信一とつないでいた手に力を入れた。

「自然にはかなわない」という言葉が、信一の頭の中をよぎっていった。

車へ戻りエンジンをかけて、ライトをつけた。雅子は手堤から花火の入った袋を取り出し、地面にいくつか並べて置いた。

「シンちゃん、これ、持っていられますか。注意書きには、手で持つのは危険と書いてあるのですが。ここでは立たせておくのは難しいですね」

駐車場には、採石が引いてあった。

雅子は直径約三センチ、長さ五十センチほどの打ち上げ花火を手渡した。

「大丈夫でしょう」と言って、信一は花火の筒を握った。

「では、順番に火をつけていきますね」

雅子は、手提げの中から、チャッカーマンを取り出し、並べた花火にはじのほうから火をつけた。つけられた花火は、三メートルほど火をふいて、バチバチと音をたててあっさりと消えていった。雅子は一つが終わると、また次の花火に火をつけた。置いた花火が終わると、信一のところへ来て、

「あつかったら、投げてかまいませんからね。本日のメインイベント、十二連発です」

筒の先から、導火線を引き出して、火をつけると、「パツン、パツン」と冬の空に打ち出され

ていった。

飛び出していく光の中から、信一の真面目な顔が見え隠れする。信一は火の粉にかかりながら、熱いのを必死に我慢している。この花火を離すわけにはいかないと耐えていた。

雅子はそのことに気づくと、大声で叫んだ。

「信一さん、危ないから離してください」

「大丈夫だよ。こんなのに負けていたら、マサコのことをこれから先、護っていけないよ。ぼくと畑でネギを作ってください」

信一も、大声で叫び返した。

「ありがとうございます。わたし、実は農業大好きなんです」

雅子は叫んでいた。そして花火がかすんで見えなくなっていた。


「無償の愛」という言葉がある。昔、本で読んだことを信一は思い出していた。愛は惜しみなく与えて、そのことに対して見返りを求めないことだと確か書いてあったが、そんな高尚な愛ではないな。雅子と一緒に暮らせたら、やはり一緒に畑に出たい。そしておふくろとも仲良くしてほしい。子供も二人は作りたい。そんなことが、頭の中をぐるぐると回りだしていた。

自分の愛と信じているものが、本物なのか、偽物なのかわからない。でも今冬の海に花火を打ち上げながら、この人と暮らしていきたいという気持ちを希望というのならば、うそはないと言い切れると心の中で思っていた。

二人は車に乗った。寒さから雅子はふるえていたが、暖房のきいた車の中で温まると、海から西の方を指さした。

「あそこにホテルがあります。そこに入りませんか。誕生日のプレゼントを渡しますので」

「わかりました」

信一は、それだけ答えると、浜辺を後にした。

二人とも黙ったまま、車はラブホテルのゲートをくぐった。信一の胸は、張り裂けそうになっていた。雅子はこの旅を計画した時から、覚悟を決めていたので、冷静を装っていたが、足はガタガタと震えだしていた。


ソメイヨシノが散り，八重桜のカンザンが咲きだした。信一は毎日近くを流れている備前堀まで見に行き、満開の時期を予測して雅子を花見に誘った。冬の海辺での花火の日以来、雅子は信一の家に遊びに行くようになっていた。信一の母親ともフランクに話せるようになっていた。花見の前の晩に弁当の準備をした。当日の朝は六時に起きて台所に立っていたので、父親や母親に驚かれていた。

「雅子、やけに気合入っているね」

雅子は言われても、その通りなのだからと思い、何の弁解もしなかった。

「雅子、うちにも連れてきな」と、おばあちゃんに言われた。

「うまくいったら、今日連れてくるね。お母さん、信一さん連れてくるとなったら、あとで電話するからね。お父さんもそのときにはいてくださいね」

「あいよ」父親が、無愛想な返事を返した。

「期待して待っているからね」と母親は嬉しそうに声をかけた。

「この間ね、ばあちゃんの漬物、喜んで食べてくれたよ」

「そりゃ、みどころあるわいな」

台所でお弁当を作っている雅子の隣で、心配そうに祖母は見ている。

約束の十時にはまだ時間がある。お弁当が出来上がると、普段は薄化粧なのだが、いつもより少し気合を入れて化粧した。それでも時間がまだ早い。雅子は自分の部屋を片付け始めた。時計を見ながら、掃除機もかけた。

「ほんじゃ、行ってきます」

仏壇に線香をあげて、手を合わせた。

弁当とポットやらを持って、玄関から出て行こうとすると、父と母、そしておばあちゃんまで、見送ってくれた。

「電話待っているからね」と、母親が大きな声をかけてドアが閉まった。

風もなくのどかな春の日、花見には絶好の天気だった。お堀の水は緩やかなに流れていた。雅子は信一の家に車を置いて、信一の車に乗ってきた。満開のカンザンの下にキャンプで使用する折り畳み式のイスとテーブルを二人でセットした。そのテーブルの上に、雅子が早起きして作ってきたお弁当を広げた。ポットから、雅子がお茶をカップに注いで、信一に渡すと、

「ありがとう」と信一が言った。その声はなぜか震えていた。

「雅子さん、僕はこの桜が大好きです。そして好きな人ができたら、一緒に見たいと思っていました。今やっとその願いがかないました。僕と結婚してください。よろしくお願いします」

雅子の顔は見られず、信一は頭を下げたままだ。雅子はこの時を待っていたのだ。嬉しくてたまらないのだが、少し間をおいてから、

「信一さん、こんな私ですがよろしくお願いします」そう言いながら、信一に抱きついた。

二人は抱き合ったままいたかったが、信一はここへ仁を呼ぼうと思っていた。

「雅子さん、仁さん呼んで、三人で花見しようか」と雅子に聞くと、

「はい、大賛成ですよ。二人では食べきれないほど、作ってきちゃったので。残すともったいないから」と、賛成してくれた。

信一は、携帯を取り出して、仁に電話をかけた。すぐに、仁が出た。

「モシモシ、仁さん。何してますか」

「少し遅い朝飯を食べようかと思って、カップラーメンにお湯を入れたところ。どうかしたの」

「今ね、お堀のいつものところでね、花見をしているんですよ。来ませんか」

「いいじゃないですか。カップ麺食べたら行くよ」

「御馳走がたくさんありますから、早めにおいでください」

「そっか、食べないで行く。すぐに行くよ。待ってて」

「待ってまーす」信一は、携帯を、胸のポケットにしまった。

「雅子さん、仁さんが来ます。あの木の裏に隠れていてください。ビックリさせましょう」

「ナイスです」と、先ほどの抱擁の余韻に浸っていたいところだが、
大きなトラクターが農道をこちらに向かって走ってくる。

「あれ、ひょっとして仁さんかな。雅子さん隠れてください。僕が合図するまで出てこないで」

「了解しました」というと、一番太い桜の木に身を隠した。

キャビン付きの赤いトラクターが信一の車の横に止まった。トラクターから降りてきたのは、仁だ。

「昨日届いたから、シンさんに見せようと思ってさ」

「でかいですね。後ろのタイヤ僕の身長ぐらいありますね」

「いいでしょ。まあ、トラクターの話は置いといて、花見していたんだろう。食べ物いっぱい並んでいるね」

「雅子さん出てきてください」と呼ばれて、走ってきた雅子が信一の脇に立った。

「仁さん、僕たち結婚します」と信一が、小さな声で言った。

「ほんとか。やるじゃんね。おめでとう。みんなに連絡してお祝いするか」

「仁さんと康子さんは進んでいるのですか」雅子が聞いた。

「おれのところは、そこまで行ってないな」と、寂しそうに仁が答えた。

「チャレンジですよ。同じ女性として康子さんの気持ちを考えてみますとね、自分からは言えませんよ。仁さんから攻めないとだめです。がんばってください。それでは、お弁当食べましょ。仁さんも一緒にどうぞ」

「雅子さんはえらい。いい嫁さんになるな。シンさんにぴったりだね」と仁が、褒めちぎった。

「いや、それほどでも。おら、シンノスケダ」と、笑いながら雅子が言った。仁もそれを聞いて爆笑したのだが、信一だけは理由が分からない様子で、桜を見上げていた。


斎藤学と佐々木紀子がマイクを持って立っていた。ただ今日の学は黒の礼服に、白のネクタイ、紀子は、この日のために購入したと思われるピンク色のワンピースを着ていた。靴もピンク色だが、ヒールは低かった。三日降り続けていた梅雨空も、今日は晴れていた。

「お待たせしました。ただいまより、養田仁さんと大野康子さん、真田信一さんと養田雅子さんのダブル人前結婚式を開催いたします。不慣れではありますが、本日の司会を務めさせていただきます、わたくし、二人の新郎の友人であります斎藤学です。よろしくお願いいたします。」

隣に立っている紀子が、

「おなじくわたくし、養田雅子さんの中学からの親友で佐々木紀子と申します。なにとぞよろしくお願いします」と言い終わると、

学が続けた。二人で何度も練習したように。

「それでは二組の新郎新婦、養田様と大野様、真田様と養田様の入場でございます。盛大な拍手でお迎えください」

式場内が暗くなり、後部の中央の白い扉にスポットライトがあてられた。

『出会った頃に　もう一度戻ってみよう

そして二人で手をつなぎ　しあわせになろうよ』

大きなボリュウムで歌が流れ出した。扉が静かに開けられると、その光の中には、仁の笑顔と少し照れた康子の顔があった。その隣に、緊張した信一の顔と満面の笑顔の雅子がいた。会場のあちらこちらからクラッカーがなり、われんばかりの拍手が鳴り響いている。主賓席のテーブルには、組合長の広木夫妻の笑顔が浮かんでいた。

車を運転している広木の前方に、信一と雅子と思われる二人が、収穫の終えたネギ畑で作業をしているのが見えた。広木はスピードを落としながら走って行くと、畑の脇に車を止めた。ドアを開けて車の外に出ると、

「こんにちは。がんばっているね。雅子さん、ネギづくりは慣れましたか」と、大きな声をかけた。

その声で雅子は顔を上げると広木だとわかった。

「あれ、組合長さん、どうしました。珍しいですね。ネギ作りは覚えることが毎日あって大変ですけれど、シンちゃんと一緒なので楽しいですよ」

「それは良かった。真田さんも無理しないで、最低でも週一ぐらいは休みとってやってくださいね」

「ありがとうございます。組合長さん、これからの農業は、働くばかりではだめですよね。休みも取らなくてはね」と、信一が答えた。

「その通りですよ。今日は何をしているんですか」

広木が尋ねると、

「畑の土の分析を頼もうと思って、そのサンプリングです。均一に取らないと、分析してもらっても意味がないので」

信一がニコニコと満面の笑みで、答えた。

「そうだよね。真田さんはよく勉強しているな。牛飼いも同じでね。土づくりから始まらないと、牛は良くならないよ。安全な土でよい牧草を作ることが大事だな」

結婚式を終えて、暑い夏が過ぎていた。今年の夏も、日本一暑い熊谷にふさわしい暑さだった。季節は静かに秋を迎えようとしていた。

「組合長さん。時間ありますか。少しだけでよいのですが」と、雅子が声をかけた。

「若い二人のためなら、時間いつでも作るよ。何だろう」

「シンちゃんから報告してください」

雅子は、自分で言いたいところを我慢しているようだった。

「わかった。組合長には近いうちに話に行かなければと思っていたのですが、畑ですいません。おかげさまで、雅子が妊娠しました。きのう病院へ行ったら、妊娠しているとわかりました」

「それは、良かったね。おめでとう。お母さんへの親孝行できたね」

「ハイ、親戚中に電話しまくっていました。実行委員のみんなには、報告はまだこれからなのですが」

「私これから事務所へ戻りますけど、佐々木君には私からより雅子さんから直接報告した方が良いな」

「ありがとうございます。黙っていていただけますか。今夜、婚活の実行委員会で会うことになっていますので」

「わかりました。あんまり無理しないでな。良い話をきくと、ほっとするな。とにかく良かった、良かったね」

広木が車のドアを開けて乗り込むと、

「次は養田さんの家ですか。この間の日曜日に、仁さんと奥さんの康子さんに千鶴ちゃんの三人が、我が家に遊びに来てくれました。とても元気良かったですよ」

「そうでしたか。今日はね、牛の導入の話があるものですから。それじゃ、また。元気な赤ちゃん産んでくださいよ。」

「行ってらっしゃい」

信一と雅子に見送られて、仁の家を目指した。畑からは歩いても十分ぐらいの距離だ。

広木が車を庭に止めて降りると、仁の親父さんが、広木が声をかける前に顔を出した。

「あれ、組合長だ、珍しいね。どうもどうも、先日はお世話に成りました。おかげさんで良い式が出来やんした。仁なら牛舎に居ますが、何かありやんしたか」

「いや、近くまで来たものだからね、牛の顔を見させてもらおうと思ってね。夏が過ぎると、牛たちも疲れがいっきに出てくるものだからね。お嫁さんたちはもう一緒に住んでいるの」

広木が尋ねると、

「千鶴ちゃんが転校するのが大変だから、卒業して中学に入るときのほうがいいよと、みんなで話あったんですがね、夏休みに入ってすぐに、康子さんと千鶴ちゃんが引越してきたんですよ。二学期から新しい小学校に通い出すと言って。組合長、家族が増えると問題も出てくるかもしんねけど、いいな。にぎやかになって。みんなでご飯を食べると、食事がうまく感じるんだな」

親父さんと広木が話しているところへ、仁が牛舎からニヤニヤしながら歩いてきた。

「車の音がしたもんだから、組合長この間はいろいろとありがとうございました。今日は何かありましたっけ」

「いや、大した用事ではないのだけれどね、牛の顔を見に寄りましたよ。乳量ずいぶん減りましたね。事故牛でも出たかなと思ってね、心配していたんですよ」広木が尋ねると、

「事故牛は出てないんです。乾乳牛を二頭、予定より早くあげたもんだからね。二頭で一日四十キロ。一ケ月で一二〇〇キロほど、計画より乳量は減ったからな」と、仁が答えた。

「そのくらいかな。忙しかったからね。まあ事故でなければよかった。康子さんと千鶴ちゃん、一緒に住んでいるんだって。良かったね」

「おかげさまで。もうじき学校から、千鶴が帰ってきますよ。康子と千鶴がいろいろと気を使っ

てくれたんで。今はまた、新しい問題が勃発していますけれどね」

「穏やかじゃないね、何が勃発したの」

広木は素直な気持ちで聞いた。

「子供のことでね。うちの親がね、言わないでいいことを言ってしまったんですよ。孫が見たいって。もちろん康子の前で言ったのではないのですが。でも、巡り巡るものですよね。その一言が康子の耳にはいってしまって。それで、来週の月曜日に二人で産婦人科へ行くことになってしまったんですよ」

「ここへ来る前に、信一君と雅子さんと偶然に畑で仕事しているところに出くわして、少しだけ話を聞かせてもらったんですよ。仁さん家族が遊びに来たって、みんな元気でしたよと言っていたよ」

「その子供の件でもめていたんで、気分転換に行ったの。そしたらね、雅子さんは、生理が来ないので近いうちに、同じ病院へ行くと言っていたけれど、どうしたかな」

「今夜、みんなで会う約束があると言っていたけれど」

「そうなんですよ。第二回目の婚活をどうするかということでね。カップルになれなかったのは、洋一と学、それから博と佐々木さんの四名なんですけれどね。そのほかにもね、参加した人たちからまたやってくれないかという意見が届いているみたいで」

「そうだったんですか。いい話だね。せっかく枠組みが出来たんだから、続けていかないともったいないよ。そう思うな」

「この間参加してくれた人の中から、実行委員になってくれそうな人に、声をかけると言っていたから、新メンバーも集まるんではないかな」

「佐々木さんに確認してみるかな。勃発した問題は、納得いくまで話し合いした方が良いですよ。終わったことではなくて、これからのことだからね。お互いに悔いを残さないようにね。それからもう一つ話がありました。十一月から十二月にかけて分娩予定の牛を北海道から導入する件なのだけどね。導入を希望する農家があれば組合から補助金を出すことになってね。これから希望を募るんだけれど。仁さん、親父さんと相談して、導入するのなら頭数きめて連絡くれる」

「どのくらいの金額が補助されるんですか」

「昔は半額補助とか出したんだけどね、これから詰めるけど多くて二割かな。北海道で七十万の牛ならその二割で十四万円の補助だね。希望の頭数が増えれば一割の補助になるかな」

「わかりました。相談して連絡します．いま、北海道の孕身が高くなっていますからすね。早い方がよいですよね」

「そうだね、一週間は待ちますよ」

秋産みの牛を導入しておかないと、来春まで牛を導入するチャンスはなくなる。冬の乳価は夏の乳価に比べると、一キロ当たり通常十五円ほど安いのだが、学校給食に出す牛乳の量は、最低でも確保しておかなければならない。組合としては、大型トラックで一車分、十頭以上は導入したいと広木は考えていた。

広木は事務所に戻ると、各組合員に牛の導入の件をファックスで流してもらうために、佐々木紀子を呼んだ。

「佐々木君、忙しいところで申し訳ないんだが、これをパソコンで清書して、ファックスで今日中に流してほしいのですが」

広木から下書きのメモを受け取ると、紀子はそれを見て、

「わかりました。今日は他には何か急ぎの要件ありますか」

「今夜、婚活のメンバーが集まるそうだね。仁さんの家に行く途中で、畑にいる信一君と雅子さんに出会ったものだから。二人とも嬉しそうに働いていたよ」

「はい。組合長には今夜の話の成り行きで、報告しようということを斎藤さんから言われておりましたので」

「わかりました。報告を待っています。私からの仕事は今日のところはそれだけだね」

「申し訳ないのですが、ファックスを送りましたら、一時間ぐらい早いと思いますが、帰宅させていただきたいのですが」

「わかりました。毎日頑張ってもらっているからね。どうぞ。これからもそういうときがあれば、遠慮しなくていいからね」

広木は自分の部屋に戻り、椅子に座った。

紀子は伸びた髪をカットしたいと思っていたのだ。暑い夏を何もしないでいた髪が、「もう限界よ」と言っているように感じた。それればかりではない。斎藤学との関係も限界にきている気がしていた。これからどうしたらよいのか、学の気持ちがわからなかった。髪を切ったって何も変わらないかもしれない。それでもいい。何かをしないと、心の中のもやもやがおさまらないし、何も始まらない気がしていた。今夜の集まりは八時過ぎだ。今から美容室に電話を入れて行けば、大丈夫だと思った。

仁は搾乳を済ませ、お風呂に入り康子の帰りを待っていた。千鶴は宿題を終わらせると、おばあちゃんと夕飯を食べていた。仁と康子はタクシーで行く予定をしていた。

信一の家では、畑から早めに作業を切り上げてきて、お風呂に入った。その後、雅子の運転で街へ出ていた。買い物を済ませて軽い食事をしてから向かうことにしていた。まだまだ、新婚さんなのだ。

加藤洋一は、そのころ、牛の難産で獣医と一緒に汗だくになっていた。やっとの思いで出てきた子牛は、大きなオスで息をしていなかったが、心臓マッサージを獣医がやり、洋一が片方の鼻の穴を手のひらでふさぎ、もうひとつの穴から思い切り空気を吹き込んだ。その空気が子牛の肺のあたりでぶくぶくと音をたてた。洋一は獣医に言われるままに、汗を流しながら繰り返し息を吹き込んでいると、洋一の真剣な思いが通じたのか、子牛の身体に電気が走ったように、ピクピクと震えると子牛の目の色が輝きだした。

「洋一、やったな。助かるぞ。心臓が動き出したよ」

洋一にとって、初めての経験だった。洋一の目から、気付かないうちに汗に交じった涙が流れていた。

獣医が引き上げて、時計を見ると八時になろうとしていた。これから飲み会かと思うと、なんだか気が重たくなったが、シャワーで全身を洗い流すと、気分もいくらか明るくなっていた。

博は、学の家に七時過ぎに着いた。

「こんばんわ」と言いながら、玄関の引き戸を開けて入っていくと、学の親父さんが、

「イチゴは、忙しいのかい」と聞いてきた。

「これからですね。苗の植え付けが始まるので」と、博が答えると、

「学、今シャワー浴びているからね。いつもすまないね」と言いながら、学の母親が缶コーヒーを博の前に置いた。

「今年の夏も暑かったから、苗の出来悪いんだろう。去年そう言っていたものな」

「おじさん、よく覚えていますね。でもね、今年は少し工夫したから、去年よりは良く育ちましたよ。同じことをやっていたら、進歩がないから。風呂から出てきたみたいだ」

濡れた髪の毛をバスタオルで拭きながら、「行こうか」と学が声をかけると、

「じゃ、続きはまたということで」

博は、缶コーヒー持って出て行った。玄関を出たところで、博は立ち止まり、学に囁いた。

「おやじさん、なんだか少しやせたみたいだね」

「博にもそう見えたかい。最近、大好きな晩酌を、飲まない日があるんだよな。近いうちに、町でおこなう健康診断があるから、その結果を見てから病院へ連れて行こうと思っている。親父、いくら進めても病院へ行きたがらないんだよな」

「健康が一番だからな。うちも全員受けるよ」

「その通りだね。お金はなくても生きていけるけど、体だな健康が一番だよな。今夜の打ち合わせには、みんな集まっているかな」

「今夜は新しい人も来るのかい」

「二人に声をかけたんだ。一人は覚えているかな有坂さん、偶然にも、うちに餌の売り込みに来てくれたんだ。それで聞いたらまだ独身だということなので、婚活の実行委員を、おれたちと一緒にやってもらえないかと頼んでみたら、よい返事が返ってきたわけ。女性のほうは、経理担当をしていた人で佐藤さん」

「その女性、婚活の時、ミニスカートはいていなかった」

「ピンポーン、さすが博さんだね。記憶力が良いね」

「覚えているのには、理由があるの。誰にも言うなよな。守れるかい」

「よし、言わない。なんだかこの会話、小学生のころ思いだすな」

「そうだな。名前書いたから覚えているの」

「なあんだそうだったのか、良かったね。チャンスだよ」

「学よ、仕組んでないよな」

「仕組むとは、どういう意味」

「おれの書いた名前の人を覚えていたということ。それで声をかけたとか」

「いや、偶然だよ。佐々木さんが声をかけたんだよ。同じ仲間として、やっていけそうな人ということでね」

「そうか。それならわかった。おれが書いたということは、内緒で頼むよ」

「わかったよ。それじゃ行きますか」

二人が車に乗り込もうとしたとき、北の夜空に花火が打ち上がった。それを見た学は、家の中へ入っていくと、

「親父よ、花火が上がっているよ、前橋かな。でっかい花火が上がっているよ」と声かけ出てきた。

学が助手席に座り、シートベルトをかけているときに、

「学よ、少し変わったな。お前今までも優しかったけどよ、言葉が足りなかったよな」

「そうかもしれないな。博に比べたら肝心なところで、言葉が出てこないんだよな」

博の運転する車の前方には、大きな光の輪が輝いていた。


「洋一さんから少し遅れるとの連絡がありました。牛の難産があってとのことです」

紀子がみんなに報告した。新人二人と仁に康子、雅子に信一、学に博、佐々木あと洋一が来ればメンバーは十人全員揃う事になる。

「それでは始めていましょう。まず新しく入ってくれた二人に自己紹介をしてもらいますか。有坂さんからお願いします」学がスタートをさせた。

入り口近くに腰を下ろしていた有坂が立ち上がった。

「有坂義人、三十九歳になりました。農協系列の餌会社の営業をしています。一ケ月前になりますか、斎藤さんの家に、たまたま営業で回らしてもらいました。その時、顔を見て昨年の悔しい思いをした事を思い出しまして、残念ながら女性の方とカップルになれませんでした。そして今も独身です。実行委員になればチャンスの芽が広がるかなと思いまして、何をしてよいかわかりませんがよろしくお願いいたします」

大きな拍手がおきた。

「ありがとうございました。次は佐藤さんです。よろしくお願いします」学が指名していく。

「みなさんに会うのは二回目ですが、佐藤幸恵しあわせにめぐみと書きますが、ゆきえとよびます。小さな会社で経理を担当しています。年齢は、三十路を過ぎました。佐々木さんから、電話でオファーを受けまして、新しい出会いがあるかも知れないという期待をもって来ました。どうぞよろしくお願いいたします。出会いというのは男性とばかりに限った話ではなく、同性の友だちも含めてのことです」

「そうですね。ぜひそうなるよう頑張りましょう。お腹すいている方もいるでしょうから、まず注文しますか」

と、学が付け加えた。

みんなの注文を聞いてまとめてオーダーを出したのは、自然の流れで紀子の役目となっていた。まず飲み物が配られると、学が仁をいつものように指名した。

「仁さん、乾杯の音頭お願いします」

「ハイヨ。新人二人と学委員長のほうから説明がありましたが、うちの奥さんも新人ですので、よろしくお願いします。それではグラスを持ってください、ハヨハヨ。婚活メンバーにしあわせがやってきますように。乾杯」仁の乾杯の音頭が終わるとすぐに、学が立ち上がり、

「康子さん。ごめんなさい。何度も顔を合わせていたものだから、自己紹介お願いします」

「わかりました。第一回目の婚活でめでたく仁さんとゴールイン出きました、養田康子です。実行委員として裏方の仕事なら応援できるかなと思いました。不慣れなところ多々あると思います

が、よろしくお願いします」

「はい、それではしばらくは食べて飲んでください。腹が満たされてきましたら、打ち合わせを始めますので」


飲み食いがはじまり、少し経つと、雅子の様子がいつもと違うと感じた紀子が、雅子の隣に移動して、耳の近くへ顔をちかづけて、

「雅子、何飲んでいるの」と聞いたのだが、雅子が返事をする前に、

「体調悪いの」と、続けて聞いた。

「できたの」雅子は紀子の耳元でささやいた。

「何が」

「できたと言えば、赤ちゃんでしょう」と、雅子は小さな声で言ったのだが、

「エー、赤ちゃん」紀子が大きな声で繰り返してしまった。一瞬みんなの目が宙に浮いたように思えたが、学が、確かめるように、信一に聞いた。

「信さん、雅子さんの腹の中に赤ちゃんがいるのですか」

「ハイ、昨日分かりました」みんなが、驚きの言葉を探しているときに、

「遅くなりました」と頭を下げて、洋一が入ってきた。

洋一は、ひとあたり見回して、仁と信一の間に座った。

「難産だって。うまくいったのか」仁が聞くと、

「子が大きなオスだったんだけど、何とか生き返りました。親の状態も心配でしたが、出がけに見ると、立ち上がって子牛をなめだしていたから大丈夫かな」

「気を抜くなよ。親牛にとっても子牛にとっても最初が肝心だから。出だしがうまくいけばさ、なんとかなるさ」

仁の言葉には説得力があった。

「お疲れ。生ビールでよいか」と、信一が聞いてきた。

「はい。車は置いて帰りますから」

「学、全員そろったよ」仁が声をかけた。

「わかった。それでは本題に入りますか。みんな聞いてくれますか。昨年の十二月に一回目の婚活を開催して、四組のカップルが成立しましたが、ここにおいでになる二組の他二組は、途中で破局してしまったという報告が届いていました。それで、多くの方から、もう一度やってくれないかという希望が、婚活の実行委員のところへ届きました。今日の議題は、第二回目の婚活をするかどうかをまずは話し合いたい。最初にみんなの意見を聞かせてもらいます。まずは成功した二組のカップルの話を聞かせてくれますか。それからね、今日の話は、佐々木さんの方で録音させていただきます。後でまとめるのに楽なので」

「それじゃ、仁さんからお願いします」と、学が続けた。

「ご指名なので、おれからいきます。カップルが成立しても、そこからが大変だということがよくわかったんです。婚活は、ただのきっかけづくりであって、そこでカップルになって終わりではなく始まりだということ。おれと康子さんは、周りの人の応援もあり、次はないという気持ちと覚悟があったから、お互いに必死でした。自分の年齢のこともあったからね。クリアーしなければいけない問題が次から次へと出てきました。カッコつけるわけではありませんが、よく話し合いました。そして今に至りました。だから、二回目の婚活はやるべきだと思うけど、参加者にそれだけの覚悟を持って参加してほしい。以上です」

拍手がおきた。洋一が仁の耳元で、

「仁さん変わりましたね。すごい立派です。感動しました」と伝えた。

「奥さんの話も聞いてちょうだい」と、仁がおどけて言うと、康子が顔の前で手を横に振りながら、

「私は、仁さんの言うとおりだと思っています。皆さんの意見聞かせてください」

「そうですか。では、康子さんには、後で話を聞かせて頂くことにして、信一さんお願いします」

学から指名を受けると、信一は立ち上がり、両手をへその辺りで握り、背筋を伸ばして立っていた。

「最初にみんなに報告がります。おかげさまで、雅子が妊娠しました」

「いきなりきたね」博が言うと、みんなからまた拍手がおきた。

「やるじゃん。シンちゃんは偉い」仁が大声を出した。

「おめでとう」と、みんなから声がかけられた。

「こうしているのも、みんなのおかげなので。おれより雅子の方から話ありますので」

「なんだよ、信一さん、それだけかい」と、冷やかしたのも仁だった。

「それでは、雅子さんにお願いしますか」学がふった。

「仁さんが言うように、婚活はきっかけを作るという意味で大事なことだと思います。でも、それがすべてではないことだということですね。その後をいかにフォローしていくかが大切になると感じました。私たちの場合、婚活が終わって、そのまま自然消滅してしまいそうでした。私たちが実行委員であったので、ここにいるみんなが心配してくれたので、今があると思っています。他の二組の方にも、周りからもっとフォローしてあげたら、結果は違っていたように思います。ありがとうございました」

「仁さんと雅子さんから良い話が出たけれど、婚活で出あった後のフォローが大切だということでした。仁さん、信一さん、雅子さんが仲間だったので、口出しできたけれど、他の二組の方たちとは、あの場で終わってしまったからね、何もしてあげられなかったのは事実だね。それが結果としてこうなってしまったということなのかな」と、博がまとめた。

「でもよ、おれたちは婚活をするための実行委員会であったから、本来ならば、その先までは面倒見る必要はなかったよね」

洋一が博の後を続けた。

「実際問題のところ、仁さんと康子さん、信一さんに雅子さんたちに、具体的に何かしてあげたんですか。ただ興味本位で口を出していただけのような気がするな」学が口をはさんだ。

「たとえそれが興味本位の言葉であったとしても、何にもないよりは二人にとって、進めやすかったんではないかな。雅子どうでした」と、紀子が聞いた。

「私は紀子に何度も相談しました。紀子も真剣に答えてくれました。私が迷っていた時に、背中を押してくれました。その意味で、参加者は一人で参加するよりも男子も女子も二人以上の仲間で参加としてあげたら、入り込みやすいし、その後にも良い結果につながるような気がします」

「いい意見がでるものですね。有坂さんと佐藤さんどうですか。話を聞いていて」学が意見を求めた。


「私からね」

有坂が佐藤の顔を見て話し出した。

「私の場合、カップルにならなかったので、その場で終わってしまったんですが、第一希望、第二希望まで書いても、書き足りないというか、良い人だと思える女性がいっぱいいたような気がします。せめてもう一人書かせてくれたら、カップルになる率は高くなる気がしました」

「わたしは、三人まで書いても意味がないような気がします。遊びやゲームならよいでしょうが、これから結婚しようとする相手を選ぶのに、三択はあり得ないです。あのとき司会をしていた斎藤さんが言われていましたけれど、第一印象が大事だということ。その通りかもしれないなと思いました。どんどん出会えば出会えただけ悩みました。最初の印象がよかったひとにもどること。そう思いました」

佐藤が、反論した。熱弁が続いた。一度経験したことによって、一年たったことにより、みんな大人になっていたようだ。

「もう十一時になるのでまとめようと思うけどいいかな」学が言うと、

「異議なし」と声がかかった。

「それでは、第二回目の婚活を開く。これは問題ないですね。参加者は二名以上で参加するということ。とりあえずこの二点は決定ということでよいですか。賛成の方は手を上げてください。全員賛成ということで。そのほか投票の仕方やフォローの方法などは、次回の議題にします。それから婚活の開催時期については、昨年と同じで十二月の中旬の土曜日ということでよいでしょうか」

「学さん、二名以上で参加すると言うことですが、一名では参加できないと言うことになりますよね。それ可哀そうだと思いますよ。

二名以上が望ましい、そのぐらいにしておいた方が良いかと。いろいろな事情があって一人で参加希望される方いると思いますので」

康子が、静かな声だが、はっきりした口調で言った。沈黙の時間がながれた。

「そうだね。学、それのほうがいいよ」博が学の顔を見ながら言った。

「うん、おれもそう思います」洋一も賛同した。

「わかりました。そういうことにします。異議ありませんか」

学が、みんなの顔を見回した。

「賛成多数ということで決定。それから次回は九月の二十五日の水曜日お願いします。佐々木さん、他になにかありますか」

「新しい方も増えて、中身のある打ち合わせだと思いました。明日まとめて広木組合長に報告しておきます」

「会計ですが、新人三人はいりません。後は四千円でお願いいたします」博が立ち上がり声をかけた。

「では、お疲れさまでした」学が締めた。

「仁さんに康子さん、乗せていきますよ。私、飲んでいませんから」と声をかけたのは雅子だった。

「タクシーで帰ろうと思っていたけど、乗せて行ってもらおうか」と、仁が康子に聞くと、康子は首を縦に振った。

「洋一はどうするんだ」と学が聞くと、

「代行頼みました。大丈夫です」

「佐々木さんと佐藤さんは何で帰るの。良かったら回るよ。博さんの運転で」

「乗せていってください」少し間があいたが、二人から返事が返ってきた。

「博、頼むよ」と学が博の肩を軽くたたいた。

「乗ってください」と、博が元気よく、後ろの座席のドアを開けた。

三人を乗せて博の運転する車が、駐車場を出て行った。

「佐藤さん、初めての参加でしたが、どうでしたか」と、運転している博が聞くと、

「みなさん真剣に取り組んでいるのですね。もっといい加減にやっているのかなと思っていました。良いお話が聞けました。とても参考になりました」

「おれたち、酪農家や、イチゴの栽培農家にネギの生産農家など、生き物や自然相手にしている人というのはさ、会社に勤めているサラリーマンたちと何が違うんだろうな。出荷間近の農作物が、台風でやられたり、雪でハウスがつぶれたり、川の氾濫で稲が水浸しになったり、自然というのは情け容赦ないのに。それに耐えているというか、忘れるのが早いと言うか。そうしないと、生きてこられなかったと言う事なんだな」

「学、随分哲学的だね。その話は、どういう関係で出てきたの。それと気になっていたんだけれどさ、佐々木さん、どうかした、今夜、元気ないですか」と、博が言った。

「はあ、少し疲れがたまっているかな。雅子に赤ちゃんができたこと、喜んであげたいのですが、

仁さんと康子さんたちのこと考えるとね。喜んでもいられない気がするの」

「佐々木さん、髪の毛切ってきたの。短くしたでのすか」と、学が突然、話を変えた。

「わかりましたか？　夏の間なにもしなかったので、うっとうしくなったので、思い切って今日、切りましたよ」紀子が答えた。

「そう言われれば、さっぱりしましたね」博がつないだ。

「仁さんと康子さん、心配だけどおれたちが口出すことではないよな。二人のことだから」学が言うと、

「その通りなんだけどな」博がつぶやいた。


ちょうどそのころ、仁と康子は雅子の運転する車の後部座席に座っていた。重苦しい雰囲気の中、どちらかが最初に口を開かなければいけないと感じていた。そして康子がさりげなく話し出したのだ。

「雅子さん、おめでとう。良かったですね」

「仁さんと康子さんのこと考えると、はじけないでいようと思っていたのですが、ダメでしたね。ごめんなさい」

「気を使わないでいいのよ。はじけちゃってね」車は仁の家の庭に入った。

「ありがとうね。気を使わせてしまって。信一は寝てしまっているみたいだね。気を付けて」仁

が言うと、

「おやすみなさい」と雅子が深く頭を下げていた。

雅子の運転する車が、ゆっくりと庭から出て行った。車のテールランプが、遠のいていくと、

「仁さん、赤ちゃん欲しいですか」

康子がいきなり仁に問いただした。仁は、康子からの問いかけがあると何となく感じていた。

「できるものなら、欲しいです。でも康子さんに負担がかかるのなら、諦めます」

「物わかり良すぎですね。もう少し強引に欲しいと言われた方が、気が楽なんですが」

「強引に言った方が良いなら、言いたいですよ。でも、言ってもどうにもならないことがありますよね……」

「月曜日になりますが、病院へ行き妊娠、出産が可能かどうか検査してもらいました。そしたら、若いうちに一度産んでいるので、年齢的にみても大丈夫ですと言われました。血液検査の結果も問題ないということです。仁さん、私も二人の子どもが欲しいです」

「えー、本当ですか。今度の月曜日に二人で行かなくてよいのかな」

「まずは私に問題がないということなので、頑張りましょう。頑張ると言うのもおかしいですね。挑戦してみて、どうしても妊娠しないようでしたら、そのときには仁さんも見てもらいましょう。なんだか変な言い方になってしまいましたが、二人の愛の結晶として子供を授かる。損得勘定じゃなくてね。それでいきましょう」

「そうだね。おれにはうまく言えないけれど、康子先生がうまく言ってくれたね。おれと康子の愛の結晶として、神さまにも力を貸してもらって子どもを授かる。そういうことで、よろしくお願いします。今日からですかね」

「今夜はだめですよ。アルコールが入っていますから。飲まないでまじめに、精一杯頑張ってくださいな」

康子がまじめな顔をして言うので、仁は笑いだしそうになるのを、必死でこらえていた。

仁は、康子を庭の真ん中あたりで抱きしめた。仁と康子はこの時、初めて心が通じ合えたと思った。

そのことがあってから、二日たった夜の事だ。夕飯をすませて、二階でいつものように三人でテレビを見ているときだった。

「お母さん、今夜から私、となりの部屋で一人で寝るね」

「千鶴、どうして。何かあったの」

「何にもないけどさ、小学六年生で親と同じ部屋で寝ている子供はね、いませんよ」

「そんなことないと思うけど。でもね、まあ、あなたが望むなら構いませんけどね。仁さん。そういうことなので、千鶴は親離れするそうですのでよろしくお願いします」

康子は、笑顔を見せていた。

「二人で出した答えなら、言うことないですよ。それとさ、勉強机必要だろう。今のようにテーブルじゃあね。買いに行こうか。今度の日曜日に、三人で買いに行こう」

「まあ、ありがとうございます。千鶴、良かったね」

「あの、もう一つわがまま言ってよいですか」

「あ、いいよ、何でしょう」

「あの、ベッドも欲しい」

「千鶴、ベッドはまたの機会にしなさい」

「いや、大丈夫ですよ。他に欲しいものはないの」

「今はそれだけあれば十分です」

「ベッドに机、どこから入れるのかな」と康子が心配している。

「プロに頼むから、大丈夫だよ。階段は上らないで、ベランダから入ると思うよ。二階に部屋が三部屋あるのは、この時のためだったんだから。隣は子供部屋としてもともと作っておいたの。千鶴ちゃんのための部屋だからね。新しい生活が始まって、まだ一ケ月ほどしか経ってない。いや、もう一ケ月たってしまったと言った方が良いのかもしれないな。こうしてほしいことがあったら、どんどん出して。できることはすぐにやるからね」

「お母さん、お父さん、もう一つ、大事なお願いがあります。言ってもよいですか」

「千鶴、調子に乗ってしまいましたね」

「遠慮しないでいいから。言ってごらんよ」

「弟か妹、兄弟がほしいです」

仁と康子は顔を見合わせた。少しの間沈黙が続いた。その後に、仁が口を開いた。

「千鶴ちゃん。時間かかるかもしれないけれど、お父さんとお母さん頑張るよ。千鶴ちゃんの兄弟が授かるように、待っていてくださいね」

「本当？　待っていますよ。でも、なるべく早めにね」

千鶴が喜んでいるのに、仁と康子は、どこか空を飛んでいるような、地に足がついていない気分の中で、目を合わせられないでいた。


その夜から、千鶴は隣の子供部屋で一人で眠りだした。

仁と康子は結婚して初めて、隣同士で寝ることになった。思えば、信一と雅子は、ネギの栽培に支障がないとのことで、三泊の新婚旅行に車で出かけて行った。仁と康子は披露宴の後、酪農家の仲間たちがセッティングしてくれた二次会に参加した。夜の十一時にお開きになると、仁は自宅に戻り、朝夕の搾乳と餌くれは、ヘルパーに任せていたが、調子の悪い牛が気になり着替えて牛舎へ様子を見に行っていた。康子と千鶴は、二次会を途中で抜け出し自宅へ戻っていた。

自宅へ戻ると普段は康子がしていたのだが、千鶴がお茶を入れた。

「お母さん、疲れたでしょ。お茶を入れたよ」

「ありがとう。二度結婚式を挙げるとは、思ってもいなかったわ」

「仁さん、大泣きしていたわね。それ見ていたら私も泣けてきた。理由はわからなかったけど。お母さんは、冷静だったね」

「そう見えていたか。私もうれしかったよ。でもね、仁さんが私の分まで泣いてくれているような気がしたの。だから頑張って泣かないようにしていました」

「お母さん、話変わるけどさ、私が小学校卒業するまで、別々で暮らすの。転校しても構わないよ。早いうちに一緒に住んだほうがいいんじゃない」

「そうだよね。千鶴が良いなら、仁さんに相談してみるわよ。仁さんの家も、受け入れの準備があるだろうからね」

夏休みに入ると、本当に必要なものだけを荷造りして、仁が友人から借りたワゴン車で、三回往復したきりで運びおえてしまったのだ。

千鶴は一学期の終業式の日、友達と学校に別れを告げた。

康子は、通っていた学校に、車で一時間ほどかかることになったが、新しい生活のスタートを切ったのだった。

灯りを消した部屋で、声を殺した会話が続いていたが、仁が康子の布団の中にもぐりこんでいった。

「今日初めて、お父さんと呼んでくれたな。ほっとしたよ」

「時間かかりましたけど、本人に任せておいたので、ごめんなさい。無理やり言わせたくなかったので」

「それでよかったと思うよ。無理やりでなくてよかった」

仁は、康子の耳元でささやくと、康子の方へ体を寄せていった。康子が、仁の胸のあたりに顔を寄せると、仁は康子を抱き寄せた。康子の洗い髪から、コンディショナーの香りがした。その香りをいとおしく思った。


次の日の朝、搾乳を終わって仁が食卓へ着く時間には、康子と千鶴はすでに学校へ出て行った。親父と母親も、テーブルに座った。

「康子さんから聞いたよ」

「何を聞いたの」と、仁がかまをかけると、

「子供のことだよ。産んでくれることになって良かったね」

「あのな、他の家に行って孫がほしいなんて言わないでくれよ。こういうことはデリケートな問題なんだから。子供が欲しいって、おれから言うのならまだしも、隣のおばさんから云われたら、嫁の立場ないよ。牛じゃないんだからね。その話はそこまでとして、親父よ、この間広木さんが来たろ。秋産みの牛の導入どうする。希望が多いと一割の補助、少なければ二割の補助してくれ

るというけれど」

　親父は考え込んでいた。少し時間がたってから口を開いた。

「おれに聞く前に、仁はどうしたいんだ。何頭導入したいか聞かせてくれ」

「そう来ましたか」

「かあちゃんとも相談したんだが、仁に経営を任せるよ。むずかしく言うなら委譲すると言うらしい。いつまでも親父を頼りにしてもらうのもな、おかしいだろ。もちろん相談にはのるよ。仕事も今まで通りするよ。だけどな、財布は仁に渡すよ。かあちゃん、通帳と印鑑持ってきてくれるか」

「わかっているよ。おれも四十三歳になる。結婚もしたし、子供もできた。今までのようにのんびりしていられないな。腹をくくってやるよ」

「仁。そうしてくれ」

「お父さんこれ」と、おふくろが通帳と印鑑の入った袋を持ってきて、父親に渡した。

　父親は、袋の中から何冊かの通帳を取り出し、印鑑も三本テーブルの上に置いた。

「親父よ、説明は康子がいるときにしてくれるか。俺にだけ言っても、気分悪いべ」と、仁が言うと、
　少し考えた後に、親父が、

「そうだな。そうしよう。それで牛は何頭導入するんだ。まあじっくり考えてくれや」と言葉を

返した。

「あんまりゆっくりもしてられないんだ。一週間と言われたからな。それから今度の日曜日、千鶴の机とベッドを買ってくるから。たぶん月曜日の納入となると思うんだけど。千鶴が子供部屋を使いたいと言ってくれたから。無駄にならないでよかった」

「手伝いが用なら、言ってくれ。力仕事になるなら」親父が言った。親父は、通帳と印鑑を母親に戻して、

「これ、しまっておいてくれるか。今夜にでも康子さんにも聞いてもらってから渡そう」

「それがいいね。仁だけに渡すより二人そろったところで渡さないとね」と、母親は言いながら、袋を受け取ると、立ち上がりしまいに行った。


高温になると秩父の山へ移動し、秋になり気温が下がりだすと山から下りてくるアキアカネたちが、朝つゆに羽を濡らし、羽が乾くまでじっと植物の葉の先にとまっている。暦は十二月、赤城おろしが身に染みる季節を迎えていた。

信一と雅子の作るネギは、この赤城おろしにあたることにより、甘みを増してくる。年末まで市場が休みになるまで、毎日出荷が続く。おなかの膨らみだした雅子は、信一が畑から掘り出してきた泥の付いたネギを、作業小屋でパートさん二人と、コンプレッサーで皮をむき、真っ白にして長さを合わせ、葉の部分を切り落とし計量をしながら十キロになるまで箱詰めにする。信一

は、雅子に気を使いながら、毎日忙しく送っていた。

学がお昼を食べているところへ、博が今年の初物だと言って、大粒のイチゴを持ってきてくれた。

「大きなイチゴだね」と学の母親が言うと、

「仏さんにあげて、残りはお父さんに持って行ってあげよう」と、台所から、白いお皿を持ってきて、大事そうに真っ赤なイチゴを化粧箱の中から取り出して、白い皿の上に一粒座らせた。

「博、ありがとうな。親父、博の作るイチゴ、大好きだから、喜ぶよ」

「糖度が十三から十五度。一粒の重さが平均で三十グラム以上、この時期のベニホッペに勝てるイチゴはないな。アマオウは人気はあるが、スーパーに並んでいるものは、完熟前に摘みとるので、糖度は、十二以下だね。親父さんによろしく言ってくれや」

学の父親が、町の健康診断で異常が見つかり、検査入院をしたのが十月の終わりで、膵臓に腫瘍ができていると結果が出たのだが、手術はできないほど進行していたため、そのまま継続入院して、抗がん剤と放射線の治療を実施していた。

「学よ、紀子さんと進んでいるのかい」博は、学の顔をじっと見ていた。

「親父が元気なうちに、式を挙げたいと思っている。紀子も賛成してくれた。あと十日ほどで、

第二回目の婚活が開かれる。今はそれを成功させてからと思っているよ」

「式場を決める前に、式の日取りが先だよな」と、博が言うと、

「その前に結納をしなければいけないよな。まあ昔のように盛大にしなくてもいいと思うけどな」

学もよくわからないようだ。


学と紀子の関係が急激に進展したのは、広木組合長が絡んでいた。婚活の三回目の打ち合わせが終わり、紀子が事務所で報告書をまとめているときに、広木が入ってきて何気なく言った言葉だった。

「学君の親父さん、あんまり状態が良くないようだね。学君は親父さんの元気なうちに嫁さんを見つけたいと言っていたが、ここから先は私の独り言だと思って聞いてください。佐々木君と学君の事を見ていると、お似合いなんだけどな。誰かが背中を押してあげれば、真っ直ぐに進んでいけそうな気がするよ。佐々木君は、学君の事をどう思っているのかな。言いたくなければ言わなくてよいのですが。本音のところをきかせてくれるとありがたい。少しは力になれるんだがね」

佐々木は、しばらく考えていたが、重い口を開いた。

「そう感じていましたか。私は雅子のようにはなれないです。自分からは声はなかなかかけられません。学さんからそれなりの行動を起こしてもらわないと、動けないです」

「わかりました。学君にその旨伝えるよ。それでよいですね。私も年だけれど、組合長としても

うひと仕事頑張らないとだな」

「ハイ、よろしくお願いします」紀子は、言い終えてほっとしていた。信一と雅子、仁と康子の合同結婚式の司会を学としているとき辺りからだと思う。学が友達から恋の対象に変わっていった。


紀子は学に対する気持ちの変化を、雅子のように自分からは言い出す勇気はなかった。広木から学との関係を言われて、あっさりと本音が言えたのだった。後はなるようにしかならないと、紀子は運命に任せることにした。

広木は次の日の朝、自宅の搾乳を終えると、後の作業は任せて、作業着のまま学の家に向かった。佐々木の気持ちを少しでも早く、学に伝えたいと思ったのだ。学の家には午前七時前に着いた。牛舎へ行くと、学と母親が二人で搾乳をしていた。

「おはようございます」

「組合長、どうしたんですか、こんなに朝早く」学も母親も、びっくりしていた。

「親父さんの具合はどうですか、心配でね。それと学君に話があって。搾乳しながら聞いてください」

「何ですか。あと十五分ぐらいで終わるけど」

「いや、いいよ作業を続けながら聞いていてください。私もすぐ戻らなければいけないのでね。

佐々木さんと昨日話をしたんだけれど、学君のことをどう思っているのか。佐々木君の言葉をそのまま伝えるからね。いいかい。私は雅子さんのようにはなれない。自分からはなかなか声をかけられません。学さんからそれなりの行動を起こしていただかないと動けない。学君、佐々木君の気持ちわかりますよね」

学は少しの間黙って考えていたが、

「組合長、ありがとうございます。おれ、なかなか自分からは言い出せなかった。親父が生きている間に、なんとかしたいと考えているばかりで。これから行動を起こします。やれるだけのことはやってみます。ありがとうございました」搾乳機の音が大きく響いていたので、母親には聞こえていないようだ。

「それじゃ、私の役目は終わります。これで帰るけど、何か問題が出てきたら、いつでも相談にのるよ。学君は大事な組合員だし、佐々木君は私の可愛い部下だからね。二人には幸せになってもらいたい」

広木は帰りぎわに、学の母親のところへ近づいていき、二言三言、言葉を交わし、最後に、「いいこともありますよ」と、母親の肩を軽くたたいて、車に戻っていったのだった。

その日、お昼の十二時になると同時に、学が組合の事務所に入ってきた。

「佐々木さん、近くまで来たので寄ったんだけれど、これからお昼ですか。良かったら一緒に食べませんか」

「ハイ、いいですよ。組合長の許可をもらってからいきますので。少し待っていてください」と言いながら、紀子はためらうことなく、組合長の部屋に入っていった。

「斎藤さんとお昼を食べに外に出ます。電話に出られませんので、よろしくお願いします」

「斎藤さんは、学君のことかい」佐々木の顔を見ていたら、首を縦にふった。

「わかりました。行ってらっしゃい。遅くなるようでしたら、電話ください。いろいろと話もあるでしょうから」

広木は今朝の出来事については、佐々木に何も伝えていなかった。どんな顔して事務所に戻って来るのか、楽しみだった。

紀子は、学の待っている車へ速足で近づいて行くと、学が運転席から降りてきて、

「急で悪いね」と言いながら、助手席のドアを開けた。

「もしかしたら、組合長から何か言われましたか」と、走りだした車の前方を見つめながら紀子が言った。

「何が食べたいですか。まずはそれを聞かないと、車の行き先が決まりませんからね」

「ランチですからね。いつも打ち合わせに使っているところはどうですか」

「了解しました。今朝、搾乳をしているとき来てね、組合長からはっぱかけられました。おれがしっかりしないと駄目なのだと言われました。この続きは食べながらお願いします」

「はい、了解です」車は、平日の人通りの少ない街中を抜けて、いつもの大衆酒場に着いた。昼時はランチもやっている。

「いらっしゃい。お二人ですか。珍しいですね」と、店長があいさつに来た。

「個室、あいてますか」

「あけますから少し待てますか。料理をオーダーして頂ければ、入ると同時位に持っていけますよ。ハイ、これメニューです。今日の一押しは金目の煮つけの定食です」

「紀子さん、魚、大丈夫ですか」と言ってしまってから、学はやっと言えたと思った。

「大好きですよ。それお願いします」と言いながら、学さんが初めて名前を呼んでくれたと、感動していた。

「金目の定食二個、お願いします」

店長が厨房へ入っていってまもなくすると、白いエプロンをした女の子が、「ご案内します」と呼びに来た。

個室に入ると、店長が間もなく定食を運んできた。

「早いですね」と学が、お礼を言う。向かい合った二人の前に四角いトレーを並べておいた。ご飯に味噌汁、漬物と茶碗蒸し、それにキンメダイの煮つけが載っている。

「紀子さん、どうしてキンメダイというか知っていますか」と、学が唐突に聞いた。

「いえ、知りませんよ」

「生きているときに見るとね、目が金色なのだそうです。だから金目という名前が付いたんです。タイと言っても、真鯛とかと種類は違うそうですが」

「うーん、そういう理由なのですか。調理してしまうと目の色はわかりませんものね」

向かい合った席で定食を食べる前に、学は紀子への今の気持ちを伝えた。紀子の答えは、学の気持ちを受け入れた。学は次の段階として、親父の病状を説明し、出来る事なら親父の生きている間に安心させてあげたいと伝えた。

「そう言うことなら、まずは私の親に会ってくれますか。そこからスタートしてゴールインの日取りを決めましょう。時間がないから、派手なものでなく、うちうちでいいと思いますが」

二人は、食事をしながら、紀子はメモも取りながら、要点を決めていった。いつもやっているように、慣れているのだ。

「学さん、今夜会えますか。今の話をまとめておきますから」

「わかった。八時に迎えに行くよ．いつものセブンへ」

「今夜はセブンから二つ目の信号を右に曲がり、一〇〇メートルほど行った所の左側で待っています。家のすぐ近くです。着く前にメールください」

紀子の家に学が訪問する日が今度の日曜日、紀子が学の家と父親の入院している病院へ行く日も決まった。式の日取りはまだ決まらないが、派手な披露宴はしないことに決めた。このことを、学は博にだけ話をした。

「良かったな。なんだかそんな予感がしていたよ。おれも、早くいい人見つけよう」

博は、喜んでくれたが、自分だけが置いてきぼりをくったような感じがしていた。

紀子は、雅子にだけは話をした。

「良かった。紀子と学さんなら、ぴったしだわよ。すぐに子供、作りなさいよ。そうすれば、子供たちも同級生になるからね」そんな先のことを話して、喜んでくれた。

自分の外にも喜んでくれる人がいるということが、嬉しかった。家族はもちろん喜んでくれるだろうが、家族の他に、自分のことを心配してくれる人がいるということが、ありがたかった。知らぬ間に、紀子の目から光るものが落ちていた。


学が日曜日に紀子の家へ訪問して、紀子の父親と母親を前にして、「紀子さんと結婚を前提として、お付き合いをさせてください」

テレビドラマで見たようなセリフを言っている自分が、学は恥ずかしかった。気が付いたら酒を飲まされていて、緊張していたせいか、応接間のソファーに毛布をかけられて、寝ていた。学は搾乳のため、いつも朝の五時には起きている。昼食を取った後は、一時間ほど昼寝をするのが習慣となっていた。今日は、お昼にビールをコップで三杯程度飲まされたため、ぐっすりと二時間ほど寝てしまったようだ。夕方の搾乳が始まるまでにはまだ、時間はあったが。

学が目を覚まし、腕時計を見ると四時になろうとしていた。学が乗ってきた車を、紀子が運転していく。その後を飲んでいなかった母親の運転で、学の家までついていきて、紀子を乗せて帰るという。そんな計画が学の寝ている間に、出来上がっていた。

「すいません」と学は、生まれて初めて「すいません」を連発していた。紀子の家族は、にこやかに、見守ってくれていた。そう信じるしか、学は立ち直れない感じがした。


次の日曜日の午後二時に、学と母親は紀子の家に迎えに行き、熊谷駅の近くにある総合病院へ、父親の見舞いに行った。五階の五〇三号室の四人部屋に、父親は入院していた。母親を乗せて、学は二日おきに来ていた。窓際のベッドなので窓ガラスの向こう側には、熊谷の町が見えるのだが、学の家は方向が違い見えなかった。天気次第では、浅間山や赤城山もくっきりと見える。熊谷の町の夜景もなかなか美しく見えた。

「親父、佐々木紀子さん連れてきたよ」学が紹介すると、

「何度も会っているよ」親父は言った。

一昨日、母親と着替えを持ってきたときに、「嫁さんになってくれる人、日曜日に連れてくるから」と、親父に言っておいた。母親が、

「酪連で事務している佐々木さんだよ。電話、いつも出る人」説明してくれている。

「何度か会っているけれど、わりと身長が高くて、美人でしっかりしているよ」と、親父が逆におふくろに説明していた。

「佐々木さん、学のどこにほれましたか」と親父が突然、紀子に聞いた。

「親父よ、余計なこと言わないでいいから」学が笑いながら言った。

「学さんの良いところ、百個言えますが、一番のところは、私をリードしていってくれるところです。優しい、責任感がある、いつも笑顔、穏やかな口調、面倒見がよい、家族思い、牛思い、動物も、人も変わらずに愛することができる人だと思いました」

「それ、オーバーですよ。そんな神さまのような人間ではありませんが、紀子さんをしあわせにします。何が何でもです」と、学が言い切った。

「学、良かったな。良い人に巡り合えて。牛飼い続けられるな」

「おれの代は、よほどのことがない限り牛飼い続けるよ。その先は、保証できないけどな」

「学だって、借金膨らませるようだったら、早いうちに見切りつけていいよ。決断の時が来たら、思い切って撤退していいからな」父親が、力を込めて言っている。

「そうだな。その時が来たら思い切ってやめるよ」

なんだか親父の遺言を聞いている気がしてきた。親父は、自分がそう長くは生きられないことを知っている、そう思ったら、学は泣きだしそうになったが、必死になってこらえていた。

三人が帰ろうとしたとき、気丈な親父が涙をこぼしていた。学は父親の涙を初めて見た。学にとって父親は、なにがあっても泣かない人だと思っていた。その子供のような涙を見たとき、学の心の中に、何とも言えない寂しさがわいてきた。

「最近、お父さんは涙もろくなってね。子供のように素直になったね」と、母は言いながら、親父の頭を撫でていた。

学の嫁さんになる人と会えることができた。そのことの嬉しさと安堵感。それに対して、家に帰れないことの寂しさ。もう二ケ月近くも入院している。放射線治療や、抗がん剤の治療などは、決して楽ではない。がんと治療の苦しさと闘っているのだ。

「年末には家に帰れるようだ。正月も家で迎えられそうだ」と、母親に親父がうれしそうに言っていた。学は、心の中で泣きながら、「親父頑張れ。まだ逝くなよ」と願っていた。

仁の家では、千鶴の部屋にベッドと机が入っていた。千鶴は生まれて初めて自分のために、我儘を言って買ってもらった。千鶴が三歳のとき中学の先生をしていた父親は、病気で亡くなってしまった。千鶴には父親の記憶はなかった。

母でありかけがえのない友人でもある康子と、二人で生きてきた。欲しいものだってお金がないことを知っていたから、千鶴からは言い出さなかった。仁をお父さんと呼び、仁の父や母をおじいちゃん、おばあちゃんと呼ぶのには、最初の内は抵抗があった。でも呼ばなければ、母と自分を迎え入れてくれた気持ちに、答えることはできないと子供ながらに思った。千鶴はお母さんに、一人で何でもできるようにとしつけられてきていた。少し生意気だと思われるときがある、子供らしくないと言われたときもあったが、父親がいなかったのだから、お母さんを助けなければいけないという思いだった。

でもこれからは、少し我儘も言っていこうと考えていた。そのぶん休みの日にはお父さんと一緒に、牛飼いの手伝いをすることにした。

朝の乳しぼりも、この間の日曜日の朝、お母さんと一緒に早起きをして、手伝いをした。手伝いになったかどうかわからないが、お父さんも、おじいちゃんも、おばあちゃんも喜んでくれているのが伝わってきていた。お母さんはお父さんからミルカーのつけ方を教わり、恐る恐る牛さんのおっぱいに取り付けていた。千鶴はおばあちゃんと一緒に、子牛にミルクをやった。

来年の今頃は、千鶴の妹か弟ができるらしい。

了

謝辞

この小説で主人公の埼東酪農協同組合の広木さんは、埼玉県に実在する埼北酪農協同組合の組合長であります青木雄治さんの家族をモデルとさせていただいたことに感謝申し上げます。なお、物語の中の街や施設は架空のもので、作中の表現、登場人物の意見等はすべて筆者に責があります。

またこの小説は、群馬文学集団『ちょぼくれ』79号（２０１９年４月）から81号（２０２２年８月）に載せたものを、加筆修正してホルスタインマガジン　６１２（２０２０年５月号）から６４３（２０２２年12月号）に33回に分けて連載させて頂きました。この度、出版するにあたって、大幅に加筆修正を加えました。

酪農を始めとして、日本の農業に明るい未来はないのだろうか。

国の進めようとしている政策は、農業を法人化し規模拡大、作業の効率化を図り農産物の輸出を目指すことらしい。

イチゴを始めとした野菜栽培などに、企業が乗り出してきている。

酪農も養豚や養鶏業のように大規模化を優先して、自給飼料を作り家族で経営をしている酪農家を切り捨てていくのでしょうか。


現在（2023年3月）私は，日本農民文学会の会長という職を、多くの人の力に支えられて担っている。農民文学会がこれから目指していく方向は、農業に従事されている皆さんばかりでなく一般の方々にも文学を通した運動体として，勇気や癒しといった精神的な面の支えになりうるよう、充実させていくことだと思っています。

この小説『アキアカネ』が、読んでくれた方の力になれよう祈るばかりです。

この小説を出版するにあたり、跋文を敬愛する元群像編集長の籠島雅雄氏に書いていただきました。心より感謝申し上げます。

表紙絵は、農民文学の表紙絵を長年にわたり描いていただいている小島富司様にお願いしました。心より感謝申し上げます。

群馬文学集団の大浦暁夫先生には、文学の持つ厳しさと優しさを教えていただきました。

いつも応援していただいたホルスタインマガジン社代表の小川恵博様、我儘を受け入れていただいたホルスタインマガジン社　裕　浩幸様に心よりお礼申しし上げます。

出版するにあたり、ご面倒をおかけした筑波書房の鶴見治彦様に心よりお礼を申し上げます。

間山三郎の文学について

籠島 雅雄

先日、間山三郎の小説を読んだ直後に、テレビのニュースを見ていたら、日本を代表する音楽家の一人・坂本龍一の訃報が流れた。享年71。続いて、元気なころに、テレビの番組で自由にお喋りしている姿が現れたので、そのまま見ていた。

坂本龍一といえば、〈テクノポップ〉を引っさげて颯爽とデビューし、映画音楽で実績をなし、俳優もこなしたな、などと思いながら彼の率直なお喋りを聞いていたが、39歳で４人目の子供ができてから考え方が変わってきたという。この子が20歳の時、日本は世界はどうなっているのか、さらに孫の時代は？

そうした考えをもっと切実なものにしたのは、２００１年に世界を震撼させたアメリカ同時多発テロであり、２０１１年の東日本大震災であった。若い時は、まさに「今その時そのもの」しか考えなかったし、子供と過ごす時間などほとんどなかったのだが、４人目の子供の延長に、20

年後、50年後を想像するようになり、音楽活動が変わっていったという。実際、東北復興のための音楽活動や、森林保護などにも取り組んでいる。

ただし、こうしたことそのものに特別感心したわけではない。プロセスとしては平凡であり、ありがちなことにも思えたからである。

だが、世界的な評価を受ける音楽家である坂本龍一は、その思いをどのように芸術的に作品として昇華したのだろうか、ということが大事である。

現代はお金が全ての世界だが、これは、自然界には存在しない人間だけのルールであり、さらには、核と人間は共存し得ない、というところまで話は進んでいく。

さて、もちろん坂本龍一と間山三郎とは何の関係もないのだが、現代の人間社会を支配するお金という、人間だけのルールという話の中に、間山三郎の文学を置いてみたらどうなるのかな、と感じたのである。間山三郎は、現在「農民文学会」の会長という立場にあり、新しい流れを生み出そうと日々苦闘している。

人間は、有史以来、自然に働きかけ、土地から様々の生産物を得てきたが、もとよりそれは自然との共生が基本である。人間からいえば、自然の人間化であるが、自然そのものから離れることはない。たとえ宇宙に広げようとしてもである。

決して自然から離れることのないものの代表が、「農」であるとすれば、人間社会のみに存在し支配するお金との関係相克矛盾を、小説という形式の中でどのように表現するか、ということになるだろう。同時に、今そこに生きている人々と共に。

間山三郎の作品に出会ったのは、農民文学賞を受賞した作品「前橋家畜市場」が最初である。選考委員を務めだして、二回目の2014年であった。それまでいわゆる商業文芸誌に携わっていた私には、新鮮で未知の世界であり、淡々と誠実に描いていて好感を持った。

それから8年余、小説「アキアカネ」を上梓することになった。その間にも二、三の作品に接しているが、この「アキアカネ」も同じように、酪農を中心に農家の現在を愛情深く描いている。登場する人物たちは、あくまでやさしく、好意に溢れ、善良な人々である。皆よく涙をこぼす。テーマもはっきりとしており、メッセージ性も豊かである。

一言で言えば「今の酪農家たちの置かれている隘路をどう突破するか」であり、そのための第一歩を「婚活」に求めよう、ということである。その具体的な第一歩を、青年たちを中心にして歩み出す話だ。

間山三郎は、人間同士の、男と女のちょっとした会話などにユーモアやペーソスを忍び込ませるのが得意である。三組の男女が織りなすゴールインまでのエピソードは面白く読ませる。ただ面白いだけでなく、まさに現代そのものであることも分かる。酪農家の厳しい現実をなんとかしたいという思いと共に、現実性をわずかに離陸して、小説空間が自立してくる。それを支えているのが、女性たちの力強さだろう。ひと組目の男女の、夜の浜辺での花火、飛び出していく光の中から希望という言葉が生まれる。そしてラブホテルへ。普通に描けば、だらしなくなりかねない情景だが、この小説では白眉だ。雅子は、この小説を引っ張る動力でもある。

後の二組の男女でも、それぞれ女の力強さが伝わってくる。ラストは、新しい生命を授かるところで終わる。つまり、その先の未来へつながるということだ。

坂本龍一と重なるように感じたのは、こういうところだろう。平凡といえば平凡だが、強靱な平凡さであり、普通であることを描くのはとても腕力を要する。

全編にわたって非常に丁寧な言葉遣いの会話であり、いささか現実離れしているようにも感ずるが、それがいつの間にか不思議でなくなってくる。喜びも苦しみも悲しみも含まれていて、こんなところにも間山三郎の個性があるのかもしれない。

最近、若い女性が牛の種付け師の資格を取り、大忙しというテレビ番組もあった。政府の政策と人口の減少という抗いがたい現実の中で、「農」の復権の兆しも垣間見える。「新しい農の形」を模索する間山三郎の小説は、今後もさらに必要とされるだろう。

著者紹介

筆名　　間山　三郎（まやまさぶろう）
本名　　臼井　三夫（うすい　みつお）

現住所　〒377-0008
　　　　群馬県渋川市渋川2781-3

1959年　茨城県下館市（現筑西市）に生まれる。
　　　　茨城大学農学部卒業
　　　　新潟大学大学院修士課程修了
　　　　日本農民文学会　　会長
　　　　日本文藝家協会　　会員
　　　　日本詩人クラブ　　会員
　　　　群馬詩人クラブ　　会員
　　　　茨城文芸協会　　　会員
　　　　群馬文学集団「ちょぼくれ」同人
　　　　　　　　　「万河・Banga」同人

　　　　1996年　詩集　『橋の伝説』　　　上毛新聞社　刊行
　　　　2003年　詩集　『僕の詩集をもって』　紙鳶社　刊行
　　　　2014年　詩集　『思い川』　　　ゆすりか社　刊行
　　　　2015年　小説　『前橋家畜市場』で第58回日本農民文学賞受賞
　　　　2018年　酪農小説短編集『酪農家静子』筑波書房

小説『アキアカネ』若き農家人へ

2023年5月27日　第1版第1刷発行

著　者　間山三郎
発行者　鶴見治彦
発行所　筑波書房
　　　　東京都新宿区神楽坂2－16－5
　　　　〒162－0825
　　　　電話03（3267）8599
　　　　郵便振替00150－3－39715
　　　　http://www.tsukuba-shobo.co.jp
定価はカバーに表示してあります

印刷／製本　中央精版印刷株式会社
©2023 Printed in Japan
ISBN978-4-8119-0652-2 C0093